LEOPOLDO MARÍA PANERO

O

LAS MÁSCARAS DEL TAROT

Xalbador García

www.suburbanoediciones.com

@suburbanocom

Para Dainerys Machado,
hembra que entre mis muslos callabas...

A Juan Pascual, Túa Blesa y J. Benito Fernández,
por regalarme un poco luz, aunque no sea nuestra.

EL TAROT

Cuando se consulta el Tarot, no son las cartas lo
que hay que leer: lo que debe leerse es la propia vida.
Los símbolos no se resuelven en situaciones, sino
que sugieren el significado de las mismas. Por ello
recogen lo que hay de más inmediato en la experiencia
básica, que es siempre nosotros mismos, nuestras
pasiones sordas, nuestros deseos inconscientes...

Enrique Eskenazi

Tengo cinco poemas
escritos contra mí mismo
contra mi máscara y deseo
de ser verdad
como la muerte...

LMP

"Aquí estoy yo, Leopoldo María Panero
hijo de padre borracho
y hermano de un suicida
perseguido por los pájaros y los recuerdos
que me acechan cada mañana
escondidos en matorrales
gritando por que termine la memoria
y el recuerdo se vuelva azul, y gima
rezándole a la nada porque muera".

BARAJEANDO LAS CARTAS

I

Durante el atardecer hay sombras que enfilan rumbo al psiquiátrico de la isla. Yo las he visto deambulando, al lado del camino, en dirección a la cúspide de una de las montañas que decoran Las Palmas de La Gran Canaria. El manicomio se encuentra en la cima. Los pacientes, que salen de la clínica por la mañana, regresan casi siempre a pie. No hay sorpresa para los habitantes del lugar. Para mí fueron ánimas anunciando la llegada de la noche. Atrás y abajo se habían quedado las playas del Atlántico. Atrás y abajo, los bares y las tapas. Atrás y abajo, la razón, la ansiedad por conocer al último de los poetas malditos. Se trataba del recorrido que me llevaría a ese mito llamado Leopoldo María Panero.

Un día antes, por la tarde, me había instalado en un hostal cercano a la Plaza de Santa María Catalina. Llegaba proveniente de Madrid. La hora del arribo me impidió comunicarme con el Hospital Psiquiátrico Carlos I donde me esperaba El Demiurgo. La habitación proponía dormir un poco. Una cama, un pequeño baño y la salvedad de captar, desde dos balcones, algunas postales nocturnas de la ínsula que aún se nutría del mundo moro, la invasión de otros dioses, los ojos como soles nocturnos entre las burkas.

Por la mañana marqué al sanatorio. Leopoldo ya había salido. Aunque la cita estaba programada para las cuatro de la tarde, busqué su rastro por el lugar. Las Palmas es un destino turístico.

En su vientre se cruzan las culturas europea e islámica. Es común ver a gente con rasgos moros, andaluces, gitanos, así como los anuncios que invitan a viajar a esa tierra frente a la isla, al mundo tan cercano y a la vez tan desconocido de Marruecos, con su historia de siglos de esplendor y lucha.

Preparé grabadoras y cámaras para mi encuentro con El Demiurgo. El tiempo se hacía destino. Me dirigí hacia el psiquiátrico. Entonces vi las sombras caminar rumbo a la cúspide donde se halla el antiguo Hospital Militar. Luego de nueve años de leer su obra, de estudiar su poesía; luego de nueve años de proponer una lectura a sus palabras; luego de nueve años de soñar con este momento, me encontraría con Leopoldo María Panero. Y me flanqueaban las sombras de los otros internos que, para ese momento, regresaban a su hogar. Era la imagen que El Demiurgo había descrito en su libro Poesía, de 2010:

> Aquí está la última danza de los muertos vivientes
> de aquellos que sonríen al pasar al caer la muerte...

• • •

II

Nunca había entrado en un manicomio. Para llegar al Carlos I es necesario dirigirse a una avenida que luego conduce a una de las zonas periféricas y marginales de Las Palmas, donde se ubica un multifamiliar de clase media baja. En un punto del recorrido, el camino se vuelve estrecho. Por la escarpa andan los internos que han salido luego del desayuno y carecen de los recursos necesarios para pagar un taxi que los conduzca de regreso.

Pasaban apenas las tres de la tarde. La imponencia del edifico aparecía y desaparecía según el cauce de la carretera. En algún momento el autobús en el que viajaba giró hacia la izquierda y ya no pude observar mi destino. En cambio, la cuesta me brindó al Atlántico extendiéndose a lo largo del horizonte. Múltiples cargueros completaban la marina. Pensé en la ficción de la inmovilidad. A pesar de la belleza todo acaba por parecer estático: lo que creemos que fue la vida no es más que una serie de instantáneas. El mar me reveló un azul casi perverso. Olía a frío. La costa se preparaba para recibir una de esas noches negras, noches de invierno, que parecen recordarnos el rencor de la naturaleza en contra del hombre.

Descendí a unos metros de la puerta principal del sanatorio. Estaba abierta. Dentro de la garita el guardia apenas reparó que un extraño había entrado al hospital. Desde el primer momento me volví un testigo más de aquella luminosidad entre las tinieblas. Por el patio de la clínica los pacientes iban dejando rastros de cordura. Unos murmullos acabados en grito, el cuerpo tirado en la hierba seca que en otro tiempo parecía haber intentado ser una alfombra de césped, las miradas que buscaban el embrujo de una tarde hecha tácitamente para la desgracia, fueron algunas de las imágenes que me brindó el Carlos I cuando llegué a sus entrañas. En el edificio central se anidaba la oscuridad. Me sorprendió estar en una recepción con tan poca luz. Pregunté por el poeta. La respuesta del encargado, con tono sudamericano, fue amable. No tarda en llegar. Debe de estar aquí en 15 minutos, me dijo. Regresé al patio.

Desde ahí veía andar a los internos. Comprendí que la sinrazón no duele, sino que rasga el alma. Tampoco asfixia, seduce el espíritu. Ese es el verdadero peligro: perderse en la locura pensando en la locura. Una mujer se fue acercando hasta sentarse a mi lado. Yo me encontraba en una escalera situada en un pequeño valle del enorme estacionamiento del hospital, desde donde podía observar el manicomio casi por completo. Me pidió que le abriera una lata de leche condensada. Cuando le regresé el recipiente, no emitió palabra alguna. Acaso un gesto que entendí como agradecimiento. Su refugio era el silencio. El mío, la espera. Pasamos así un rato. Ella no me miraba, yo me negaba a hacerlo, mientras abajo el día iba muriendo en las huellas de quienes arrastraban los pies. Sabían que ya era hora de volver a ese territorio de libertad en penumbras. La mujer se fue y yo la observé a lo lejos. Se mezcló con alguno que estaba recostado en una banca, rogando para que el sol volviera a salir por la mañana.

De pronto vi a un hombre cruzar el patio. Orinó en un árbol, dialogó con la mujer que antes estuvo conmigo y volteó hacia mi dirección. Me encaminé a su encuentro. No dejaba de mirarme, pero de inmediato desvió el rostro. Entonces comprendí el juego. A la locura no se le puede observar directamente a los ojos. Es una tierra vedada para los no iniciados. A la locura apenas se le pueden regalar algunas palabras: "Hola, Leopoldo, soy Xalbador García".

• • •

III

Inmediatamente Panero me pidió que lo acompañara a comprar tabaco. Como bien me lo habían advertido, su discurso no era lineal, ni mucho menos fluido. Se trataba de un hombre enclavado en los pliegues de la literatura. En cualquier momento podía declamar un poema en francés o en castellano. Decía la cita, mencionaba alguno de sus versos, explicaba lo que hizo en el día. Y entre una y otra palabra lo que fermentaba era el silencio. Le gustaba estar así, sentado, degustando un buen cigarrillo o paseando, sin rumbo, por los rincones de su mente. Pese a su carácter algunas veces violento, como lo registraron muchos de quienes convivieron con El Demiurgo a lo largo de su vida, a mí me recibió con una sonrisa. Una sonrisa extraña, preñada de opacidad, pero no por ello menos calurosa.

XG: Te traigo un regalo. Es una revista mexicana donde escribí un artículo sobre tu vida y obra. Viene tu poesía.

LMP: ¿Viene mi foto? ¿Me acompañas a comprar tabaco?

-Oye... oye... Panero... -la mujer gritaba, pero el poeta ya me había tomado del brazo y me condujo a las afueras del psiquiátrico.

XG: ¿Cómo vives aquí?

LMP: Vivo mal. Muy madreado por los locos y la mierda.

XG: Como lo hablas en tus libros.

LMP: Libros de poesía. Así es la poesía.

XG: ¿Te gusta acá?

LMP: No me gusta, porque es gélido. Hace mucho frío. Es jueves, ¿es día laborable?

XG: Sí.

Caminábamos. El viento, conforme menos luz, se convirtió en una navaja que torturaba el rostro. Era verdad lo que decía El Demiurgo, el clima se volvía agreste. El frío siempre lleva en sus entrañas una sensación de miedo. Así lo percibí a su lado. El sonido de nuestras pisadas se escuchaba nítido. Leopoldo respondió muy poco, no sabía nada, como si hubiera abandonado el mundo desde hace mucho tiempo. Sin embargo, su carcajada, esa carcajada que desmorona conciencias, le brotaba con facilidad. Ignoro lo que sintió al verme, pero me quedó claro que le había gustado mi visita. Para salir del hospital tuvimos que subir una pequeña ladera.

XG: Este camino es pesado.
LMP: Muy pesado...

Y nuevamente la risa le desdibujaba el rostro. ¡Ah Panero, qué triste es la memoria!

XG: En México se lee tu poesía.
LMP: A ver si me invitáis un viaje a México. Voy a recitales. En España me invitan. Voy. Hablo. Ya sabes, la poesía.
XG: Hoy estuve buscándote por toda la ciudad. ¿A dónde te gusta ir comúnmente?
LMP: A las plazas. A los bares. A tomar algo. Cocacola solo, porque el alcohol me lo tienen prohibido. Me gustaría ir a México y presentar poesía. Ya sabes.
XG: Estoy escribiendo un libro sobre ti a la luz de las cartas del tarot.
LMP: La idea del tarot me parece bien. Necesito unas tijeras. Vamos a comprarlas a la farmacia.

XG: ¿Para qué las necesitas?
LMP: Tengo algo en el dedo.

Llegando al establecimiento gritó: "Aquí les presento a un mexicano que es más español que todos ustedes". Pidió lo que necesitaba y después no dijo nada. Esperó a que yo pagara la compra y se guardó el paquete en el bolsillo del pantalón en el que resaltaba un sobre de cartas. La vendedora de la farmacia me hizo un guiño. Le dio las tijeras más pequeñas que tenía.

Panero era conocido por los vecinos del sanatorio. Como interno en régimen de puertas abiertas abandonaba todos los días el psiquiátrico para caminar por el pueblo. Se rumoraba que aquel hombre era un poeta famoso. Así me lo dijo el taxista que me llevó al hostal luego de la entrevista. El hombre no conocía de literatura, pero le habían contado que uno de los pacientes del Carlos I escribía y era muy culto. Cuando le dije de quién se trataba, no comprendió cómo alguien podía viajar desde México para ver a un loco. Le costó trabajo creerme cuando le aseguré que Leopoldo era un escritor con una obra destacable.

Luego de la farmacia nos dirigimos hacia una pequeña tienda de abarrotes:

XG: No esperabas que un mexicano te visitara.
LMP: García Márquez en su casa de Barcelona dijo: "aquí les presento a un mexicano que es más español que todos ustedes".

Sorteando los automóviles que pasaban entre las calles angostas de una zona poco segura de Las Palmas, descendimos rumbo a la tienda. Dos paquetes de tabaco fue la solicitud que hizo el poeta a la dependienta que nos atendió y de inmediato me presentó:

LMP: Un admirador mío de México.
DEPENDIENTA: Leopoldo, él viene desde muy lejos para hablar contigo.
LMP: Dos paquetes de puros. ¡Ah!... y una Cocacola.
Y luego declamó a Rimbaud: "El miedo es lo más sagrado que existe".

Tanto había leído esa característica de El Demiurgo, sus cualidades para soltar versos sin más, que estar escuchándolo me parecía un alucinación. Me regaló fragmento tras fragmento de Kafka, de Becket, de Foucault, de García Lorca, de su propia obra, como si tratara de armar un poema con los jirones de palabras que pronunciaba. Sin prólogo alguno, me dijo:

LMP: La gente piensa que la locura es contagiosa. Si fuera eso, al pasar junto a un mendigo, la gente se arruinaría.
XG: Tú has escrito mucho sobre la locura.
LMP: Sí.
XG: ¿Y qué piensas?
LMP: Pues que la locura puede descifrarse y la poesía es una vía para descifrarla. ¿Has leído Poemas del manicomio?
XG: Sí.
LMP: Ahí hay algo de eso.

Una vez sentados en una banca a las afueras del hospital se acercó un anciano. Conocía a Leopoldo. El Demiurgo volvió a presentarme con esa frase que durante el paseo se había convertido ya en un estigma:

22

LMP: Un admirador mío que viene de México.

ANCIANO: ¿De México?

XG: De México.

ANCIANO: ¡Joder! Sí que has venido de muy lejos. Yo veo mucha televisión mexicana. Éste es un bandido, es un meón.

LMP: Él no me deja tirarme pedos.

ANCIANO: Es que yo me siento todos los días aquí. Yo tengo 76 años. Y éste se acuesta todos los días aquí y fuma mucho. Después se pone a echarse pedos. Yo le digo que no. Luego orina. Ahí donde está el coche orina. Yo le digo que no orine ahí. Que se vaya junto a esos matorrales donde no lo puede mirar nadie. Como lo hace Leopoldo no es correcto. Bueno, hasta luego, me dio mucho gusto conocerlo.

Se marchó el anciano pero fue sembrando ladridos de perros en el viento. Leopoldo me habló de otra entrevista que le harían al siguiente día en el bar McCarthy's a las cuatro de la tarde. Tras otro nuevo silencio, dijo en tono de reclamo:

LMP: Estoy de este país hasta el huevo. Es un país de pordioseros, un país de mierda. Me da perfectamente igual dónde vivir, porque aquí es una mierda, pero mierda.

El lamento me recordó su poema "La canción del croupier del Mississippi":

> Escribir en España no es llorar, es beber,
> es beber la rabia del que no se resigna
> a morir en las esquinas, es beber y mal
> decir, blasfemar contra España
> contra este país sin dioses pero con
> estatuas de dioses...

XG: ¿En dónde te gustaría vivir?

LMP: En México o en Italia.

Un ruido extraño invadió la conversación.

LMP: ¿Qué es eso?

XG: Una cortadora.

LMP: Como una navaja de textos y de palabras.

XG: Como una navaja de silencios... aquí tienes el mar a primera vista. ¿Te gusta el mar?

LMP: Sí, me gusta, pero no voy porque no tengo bañador... "en el aire hay cosas que me hacen reír... pero sólo soy un fracasado y un hombre muerto al que llaman Pertur".

XG: Pues bonito es este lugar, ¿no te parece?

LMP: Bonito lo es todo. Lo malo es el hombre.

Decidimos caminar hacia el psiquiátrico. Cuando los otros pacientes nos vieron entrar empezaron a gritarle a Leopoldo. Las voces se multiplicaron. "Un admirador de México", les contestaba por igual a internos que a médicos y me decía:

LMP: Hasta a Artaud lo trataron mejor que a mí. A mí me han tratado pésimo. Me quieren matar.

Para ese momento los pájaros trinaban para no morir de frío.

LMP: La literatura es la única salvación ante la miseria del hombre y a mí me gusta la poesía esteticista. Tengo dos películas, ¿sabes?, pero me gusta más *Después de tantos años*. Hay música y hay colorines. Luego de esta película me decían cabrón, hijo de puta. ¿No sé por qué? A ver si me mandas uno de tus libros.

XG: ¿Aquí te llegan las cosas?

LMP: Aquí mi correspondencia no me la dan... si están más locos que yo.

XG: En cuanto salga el libro que estoy preparando sobre ti te lo mando.

LMP: De acuerdo... "caos estupendo y milagroso"... *Last river together* es el mejor libro mío... "dolor sin dolor como una sombra van"... ¿Qué hora tienes?

XG: Son las ocho.

LMP: Me voy para adentro porque hasta las ocho y media dan de comer... pues muchas gracias por venir.

XG: Muchas gracias a ti por recibirme.

LMP: Llámame, por lo menos -y a manera de despedida me enseñó las tijeras y también el mazo del Tarot que tenía escondido en la bolsa del pantalón.

Recordé en ese momento una de sus máximas sobre la locura: "Finalmente estar loco se trata de tener o no tener amigos". Luego El Demiurgo se perdió entre la lobreguez de la puerta del hospital. Yo regresé en silencio. México estaba aún muy lejos de aquel frío y de aquel océano.

¿Qué se dice cuando se le ha conocido el rostro al abismo? ¿Qué se escribe cuando el juego está por empezar? ¿Qué?, cuando las cartas han sido barajadas y hay que emprender el camino junto al arcano primero: El Loco.

• • •

EL LOCO

Por lo que un hombre termina de mendigo,
de borracho o de monstruo, es por la luz.
Y la luz no es nuestra...[1]

Por los rincones del manicomio la verdad suele andar entre susurros. Pude constatarlo en el Hospital Psiquiátrico Carlos I, en Las Palmas de Gran Canaria. Varias sombras deambulaban por el patio del manicomio. Frente al Atlántico, los internos hablaban en voz baja. Acaso un grito resquebrajaba la tarde pero casi de inmediato volvía el silencio a medida que se acercaba la noche más oscura y larga del año: en invierno las tinieblas juegan a ser eternas.

El mismo Leopoldo María Panero censuró sus palabras cuando me vio. Bajó los ojos como preparando un saludo, mientras comprobaba que la escena era real. Comprendí, justo en ese instante, lo que el poeta había escrito quince años antes en el prólogo de *Globo Rojo*: "Con la locura como con la verdad no se puede discutir".

Subtitulado como "La antología de la locura", el volumen de *Globo Rojo* está compuesto por poemas y dibujos de los pacientes del Sanatorio de Mondragón, de Madrid, en el que El Demiurgo estuvo recluido durante los años noventa. Leopoldo incitó a sus compañeros del manicomio a que exploraran los alcances

---

1 Los epígrafes que abren los capítulos del presente libro pertenecen a Leopoldo María Panero.

de la palabra. El poemario es de esta manera un catálogo de la inconciencia pero también del misterio. Presenta latigazos de la lucidez que pueden tener mentes catalogadas como enfermas. Por eso sus páginas seducen. Por eso sus páginas llenan de inquietudes al lector. Lo mismo sucede con la obra de María Panero. Es indócil: algo dice, algo calla. Y en esta dicotomía del decir callando o del callar diciendo se trasluce una triada perfecta, donde locura y poesía se unen para alcanzar la verdad.

Al igual que lo concebía Leopoldo, en distintas épocas el Hombre ha reconocido a la poesía como una fuerza, tan demoniaca como seductora, para llegar a la verdad. En el Mundo Helénico la poesía generó ámpulas. Para Platón, la inspiración que sufrían los poetas era un extravío de la racionalidad y, en ese sentido, un cáncer que había que excluir de la metrópoli para que su mácula, la de la locura, no se propagara. En *La República* y en el *Ion* el filósofo argumenta que la poesía goza de un sospechoso poder de "encantamiento", el cual no es más que la epifanía que se presenta en los versos.

La tradición cristiana también reconoció la sabiduría que nace de la demencia hecha palabras. En la segunda *Epístola a los Corintios*, y para darle validez a sus escritos, el apóstol Pablo escribe: "Como si estuviera loco hablo". La misma idea de la locura ligada al conocimiento fue transformándose a través de los siglos. Coqueteó con el demonio, el concepto del Mal y la carnavalización en la Edad Media, y se le endosó un halo de comicidad en el teatro renacentista, pero no por ello menos sabio: el loco y su risa descubrían la historia oculta en la trama de las obras. El loco develaba la verdad.

Durante la Edad Moderna, con la filosofía cartesiana como piedra de toque, se intentó domesticar a la locura por medio de la reclusión. Michel Foucault explica: "La locura, cuya voz el Renacimiento ha liberado, y cuya violencia domina, va a ser reducida al silencio en la época clásica, mediante un extraño golpe de fuerza". Los leprosarios, abandonados tras el Medioevo, van poblándose de nuevos internos que no son otros más que los locos. La segregación de la locura fue el germen de los primeros manicomios definidos en ese momento como casas de asistencia, hospitales generales, hospicios o edificios de internación. Todos ellos instituciones que, según Foucault, "vienen a mezclarse así, a menudo no sin conflictos, los antiguos privilegios de la Iglesia en la asistencia a los pobres y en los ritos de hospitalidad, y el afán burgués de poner orden en el mundo de la miseria: el deseo de ayudar y la necesidad de reprimir; el deber de la caridad y el deseo de castigar".

Leopoldo María Panero sufrió los excesos que se daban en estos lugares con fachada de misericordia pero con alma de verdugo. Luego de su primer intento de suicidio, a los veinte años, fue recluido por su madre en la Clínica Psiquiátrica de Pedralbes, en Barcelona. En el internamiento conoció la política franquista en contra no sólo de la locura, sino también en agravio de cualquier comportamiento que transgrediera los códigos sociales instituidos por el régimen.

Durante ese primer encierro, el poeta demostró mucho interés por el cine y una especial simpatía por el actor norteamericano Jonny Weissmüller, protagonista de la serie de las películas de Tarzán: *Tarzán de los monos* (1932), *Tarzán y su compañera* (1934), *La fuga de Tarzán* (1936) y *Tarzán y su hijo* (1939). Su afinidad por el séptimo arte se evidenció en el manicomio. En muchas ocasiones se le veía leyendo el libro *The Talkies*, ilustrado con fotografías.

Engañaba a los médicos asegurando que sentía atracción por las actrices, pero una vez confesado su gusto por Weissmüller, a Leopoldo se le aplicaron electrochoques que era el tratamiento común, durante el franquismo, para curar la homosexualidad.

Como reminiscencias de ese pasado rasgado por el pavor y el sufrimiento, en su libro de ensayos *Y la luz no es nuestra*, El Demiurgo critica las estrategias médicas para tratar la locura: "la psiquiatría castiga la idea, condena y no interpreta el síndrome, siendo así que el sujeto que de aquí salga libre por lo menos de la muerte lo hará como un robot amputado para siempre de su lugar en el espíritu".

Puede ser que la locura de María Panero empezara como la huella de un nubarrón familiar -Eloísa, su hermosa tía materna, se gastó la vida en sanatorios mentales- o como un juego macabro donde el poeta descubrió los rostros más ocultos de la sinrazón y quiso hacerlos poesía para alcanzar la verdad. Lo evidente es que después de su periplo por múltiples instituciones mentales de España, Leopoldo conoció demasiado bien los rincones del psiquiátrico, ahí donde el acantilado no es metáfora, donde la cordura es apenas una vía para alcanzar la palabra, donde también se hallan otros senderos en los límites de la conciencia para acariciar la literatura. De esta manera lo explica en *Globo Rojo*: "Poesía de la locura quiere decir poesía opaca, dura, impermeable al signo, a la razón, semejante todo lo más a la pintura abstracta".

"Poesía de la locura" es la que ensayó desde sus primeras incursiones literarias en 1968 cuando se lanzó a la palestra con *Por el camino de Swann*, libro iniciático que ni siquiera tuvo el honor de aparecer en los estantes de las librerías y el cual germinó bajo la sombra de la locura: primer libro, primer intento de suicidio, primer manicomio, primeros electrochoques.

Tras besar a la locura El Demiurgo encontró en ella su viaje y su musa, su vía y su destino, su llaga y su refugio. La locura lo convirtió en una figura *sui géneris* en el panorama de la poesía española contemporánea. Su vida y obra no sólo vulneraban la moral hipócrita -lo que le valió ser catalogado como un *enfant terrible*-, sino que además llevaron al extremo una particular concepción de lo poético, dando a luz una labor artística radical y a la vez culta que emergía de las entrañas mismas de las tinieblas. Ese territorio donde los dejos de luz irradian de forma sublime al estar rodeados completamente por la oscuridad.

Escritura desde la muerte, sadomasoquismo, blasfemias al por mayor, homosexualidad, repudio a las instituciones, prácticas sexuales "obscenas", guiños sardónicos a la malevolencia, trasgresiones a los tópicos del género lírico, agresiones a la tradición literaria y cultural, representan algunas de las coordenadas esenciales de su poesía. Los manantiales de los que se nutrían sus versos no podían ser otros más que Poe, Baudelaire, Sade, Mallarmé ("La destruction fut ma Beatrice"), Trakl y Rilke. Pero también se observa, dentro de sus raíces literarias, una multiplicidad de plumas que va desde Borges hasta James Matthew Barrie y desde Faulkner hasta Jaime Gil de Biedma, pasando por Eliot, Hölderlin, Pedro Salinas, Lewis Carroll, Kafka, Proust, Cernuda, Juan Ramón Jiménez, Fernando Pessoa, Scot Fitzgerald, entre muchos otros que se hilvanan en sus libros hasta formar un universo único, sin "parangón posible" en las letras en castellano, como lo aseguró Túa Blesa, su mayor exégeta.

A partir de la publicación en 1970 de su primer libro oficial: *Así se fundó Carnaby Street*, la palabra de Panero se multiplicó en diversas colaboraciones para un gran número de periódicos y revistas de Europa. Asimismo escribió nuevos poemarios que fueron traducidos tanto al francés como al alemán, superando en 2014, tras su muerte, más de 50 libros publicados, entre poemarios, poemarios al alimón, narrativa, traducciones, ensayos y antologías.

A la par de su labor poética, se erigió como editor, traductor y prosista. Algunos de sus ensayos se alejaron de la literatura para teorizar sobre la locura, planteando en ellos métodos y líneas alternas al psicoanálisis. Uno de sus escritos fue incluido en la *Revista de la Asociación Española de Neuropsiquiatría* y, en 1990, publicó *Aviso a los incivilizados*, recopilación de textos del mismo corte, en el que escribió: "Si la locura molesta es sobre todo por ese rasgo suyo definido por Jaspers, que lo tituló pansignificación, estos es, por cuanto la indagación del delirio por muy loca que sea puede arrojar alguna luz sobre las tinieblas de la vida, de algo que se quiere oscuro".

Lacan fue la base de sus razonamientos al respecto. Por ello, la presentación de su obra en la canónica colección Letras Clásicas, de la editorial Cátedra, apareció con el título *Agujero llamado Nevermore (selección poética, 1968-1999)*. Para Lacan el "agujero" representaba la locura y en este sentido María Panero tomó el concepto. Concebía sus palabras como un "agujero llamado nunca más".

Por su largo recorrido literario pueden sondearse los rastros del Demiurgo en su búsqueda por explorar la locura a partir de la poesía o, en sentido contrario, explorar la poesía a partir de la locura. *Locos; Poemas del manicomio de Mondragón* ("el cuerpo contiene la locura"); *El Tarot del Inconsciente Anónimo; Abismo; Mi cerebro es una rosa. Textos insólitos; Esquizofrénicas o la balada de la lámpara azul, Poemas de la locura y Águila contra el hombre: Poemas para un suicidamiento; La esquizia, y no el significante*, son algunos de los títulos de sus poemarios en los que la sinrazón se vuelve, no sólo un leitmotiv, sino la esencia misma de los versos.

La locura le supuso un acercamiento a la poesía desde otra perspectiva lingüística y existencial, en la misma medida que lo dotó de una libertad -libertad, no sin penumbras- tanto en su obra como en su propia existencia. Desde la herida que significó *Poemas del manicomio de Mondragón*, escribió:

Un loco tocado de la maldición del cielo
canta humillado en una esquina
sus canciones hablan de ángeles y cosas
que cuestan la vida al ojo humano
la vida se pudre a sus pies como una rosa
y ya cerca de la tumba, para junto a él
una Princesa.

"La Princesa" del poema simboliza la verdad, a la que se accede por medio de la locura y la poesía. Es un camino complicado porque, como el mismo Leopoldo lo entendió: "todo hombre tiene miedo a la verdad". Y cuando se procura la combinación de poesía y locura para alcanzar la verdad se escuchan las palabras que Rimbaud escribió, el 15 de mayo de 1871, a Paul Demeny, en las que planteaba una teoría sobre esta unión: "El poeta se hace vidente por medio de un largo, inmenso y razonado desarreglo de todos los sentidos". Es decir, el poeta revelaría la verdad sólo hasta que hubiera perdido la razón, hasta que se volviera un loco.

Así, durante una entrevista telefónica, al ser cuestionado respecto a los ataques terroristas a las Torres Gemelas de Nueva York, María Panero respondió que cuando vio las imágenes creyó estar observando la dramatización en la pantalla de su texto "Anima Mundi", del libro *Me amarás cuando esté muerto:*

> Oh vuelo de las águilas sobre el suicidio
> sobre la boca luminosa
> luminosa y blanca como la muerte
> que devora los peces shakesperianos
> agonizando en la playa
> oh Manhattan fabuloso en la retina del náufrago
> cuando llegue la locura al papel
> y el cuerpo a su tumba
> oh, pájaro al que llaman destrucción...

La imagen del pájaro al que llaman destrucción volando sobre Manhattan describe perfectamente la escena que vimos, millones de veces, aquella fatídica mañana cuando se derrumbó el sueño americano. Podrá parecer coincidencia, un juego de metáforas y palabras, el que Leopoldo escribiera un texto donde retrató lo sucedido en Nueva York. Pero cuando la poesía está preñada de locura, diluye las tinieblas, muestra la verdad: el poema se encuentra en la página 11 y el libro fue editado en septiembre de 2001.

• • •

EL MAGO

Que mis dientes sirvan
de jugo en tu caldera
bruja de los límites, tú a quien admiro
sabedora de embrujos, de filtros y de hechizos
más poderosos que la fe y que los apóstoles
de quienes se burló el Mago, más apta que ellos
para conocer el dolor...

El conocimiento es peligroso y debe ser castigado. Así lo demuestran dos mitos fundacionales sobre los que se sustenta la cultura occidental. Prometeo es encadenado en el Cáucaso tras haber entregado el fuego -metáfora de la sabiduría- a los mortales. Eva y Adán son expulsados del Jardín del Edén luego de comer del fruto prohibido que les brindó la capacidad de discernimiento. Los relatos no mienten: el esplendor de la inteligencia conlleva el germen de la desgracia y el castigo.

A lo largo de la historia hubo que ocultar parte del saber de los hombres para evitar la condena de los dioses. Bajo el concepto de "magia" se nombró a esa erudición clandestina. Muchas veces ligado al mito de Hermes -el mensajero de mortales e inmortales, e inventor del lenguaje y la escritura-, pero otras a Hermes Trismegisto, quien fundó en Egipto un grupo dado a la tarea de estudiar filosofías ocultas, este saber sólo era alcanzado por unos cuantos. Como zona inescrutable, sus enseñanzas se percibían secretas y amenazantes. Los iniciados eran los únicos que podían disfrutar de la verdad emanada de diversos artilugios. El sacerdote, el chamán, el hechicero, las brujas, fueron algunos de los personajes elegidos y preparados para conocer los códigos secretos de estas prácticas que se constituían a partir de las palabras sagradas, de los números como representación del universo, de los brebajes para enamorar o matar y de los símbolos endilgados a dios o al diablo.

Apasionado del esoterismo, Leopoldo señala que, a diferencia de la locura, el ocultismo:

> es un conocimiento científico y codificado, y tiene fines prácticos y no meramente imaginarios: esta demarcación entre magia y locura es la que los separa para Geza Roheim en su texto *Magia y esquizofrenia*. El loco es un brujo fracasado, fallido, aunque sea también, como la magia y la mística, una *cognitio experamentalis Dei*.

Según el poeta, brujo y loco gozan del *cognitio experamentalis Dei* ("conocimiento experimental de Dios"), lo que eleva a estos personajes a un estatus contemplativo. Por medio de sus palabras y sus acciones se hace patente la divinidad. Los dos, brujo y loco, son iniciados en el arte de la magia: arte que muestra y oculta al mismo tiempo.

Algo de ello vislumbró Octavio Paz durante su visita a Barcelona, donde se reunió con diversos escritores, en 1974. Para homenajear al maestro mexicano se dieron cita, entre otros, Francisco Brines, Claudio Rodríguez, Carlos Bousoño, Marcos Ricardo Bartanán y Leopoldo en el piso de Julio Salinas -hijo de Pedro Salinas-. Luego del vino, el queso y la poesía llegó el ritual de firmas por parte de Paz, quien era acompañado por su esposa Marie Jo. Todas las dedicatorias fueron de compromiso, excepto una: "A Leopoldo María Panero, poeta mago".

Paz no pudo describirlo de mejor manera. La dicotomía poeta-mago se encuentra presente en los estudios de Jung -lectura cercana a Leopoldo- sobre el Tarot, en los que explica que la figura de El Mago representa dos conceptos opuestos pero de igual manera complementarios: el engaño y la creación. En muchas ocasiones la poesía del Demiurgo se convierte en una creación que engaña al lector en tanto juega a diluirse, a no dejar marcas, a decir callando.

En *Teoría*, Leopoldo presenta el poema "Segunda esposa", cuyo rasgo fundamental es mostrar la escritura desde la sombra de la palabra:

> qué será de mi voz qué espuma
> (inerme no temo al viento)
> golpeará después los huesos de mi boca.
> solución al rebús:
> □ ?+ ⌐ Γ· £ °⁻ · ¿ ?] [·

Los últimos símbolos que juegan a ser versos imponen un enigma. Transgreden los márgenes de la escritura para situarse en el territorio de lo vedado, como si se tratara de un conocimiento hermenéutico. Pero llega un instante en que El Mago siente misericordia y le revela al lector lo oculto en su conjuro o al menos eso parece cuando muestra por debajo de los signos una línea como explicación de lo que empezó ocultando en el poema:

> □ ?+ ⌐ Γ· £ °+ · ¿ ?] [·
> r í o q u e n o e x i s t e

Sin embargo, en otras ocasiones, como en el poema "De cómo Ezra Pound pasó a formar parte de los muertos, partiendo mi vida", del libro *El último hombre*, Leopoldo no revela el mensaje secreto:

...... gotas de mi sangre... en la copa, brillan,

[secas.

αμοση
...... vendrá el fuego....

...... a analizar tu cuerpo...

arroja tus ojos en la

arena...

y que pasen sobre ellos las pezuñas

esclavos y leones... y

cuerpos desnudos...

......que se disputan tus ojos... en la arena

[gladiadores....

α - - - (•) - - - (- - -) • (

κ (α)ς • (συ) μβαλ (όντες

- -) ην - - δ'εκ (•) • (

- -) - - - - - ((y juntando

.... pero a un muerto....

Aunque existe un amago de mutismo luego del verso "en la copa, brillan, secas", es en las últimas oraciones -si es que pueden llamarse oraciones-, donde el poema navega en la oscuridad. Posiblemente el lector experto en griego pueda rumorar alguna explicación del cierre, pero aun de esta manera su juicio quedará trunco por el encabalgamiento de grafías y paréntesis que abren y cierran ideas, así como por las líneas que dan una sensación de continuidad y que no llegan a brindar certeza sobre el significado del verso.

No sin matices vanguardistas, se trata de un texto que a cada momento zigzaguea entre puntos suspensivos que, si bien alargan la idea, también sirven para opacarla, generando una sensación de vacuidad. Hay algo que no se dice. El truco del Mago permanece intacto.

Esta manera de escribir le valió a María Panero diversas críticas. En la última década se le acusó de publicar versos anacrónicos o sin la fuerza de sus primeras experimentaciones literarias. Si el lector desconoce que se enfrenta a una escritura hermética, similar a la magia, puede descalificar con argumentos muy pobres los versos de un hombre que, en diversas ocasiones, apostó a eso: desde el no decir, intentó mostrar nuevas formas de entender no sólo la literatura, sino también la vida. Ante los ataques respondió: "Mi poesía [...] no es más que un inmenso truco en el que la locura y la muerte se presentan como dos artificios más de un inmenso poema esteticista".

Y si es verdad que "la locura está en la base de toda magia", como posteriormente el poeta agregaba, habría que creer su argumentación al respecto. En la poesía la palabra es tan importante como el silencio. A la par de la magia que muestra y oculta al mismo tiempo, lo que se dice y lo que no se nombra tejen los versos. Palabra y silencio se funden hasta su esencia para alimentar de significados a la poesía: esa palabra dulce con la que se habla a los dioses, con la que se llama al amor, con la que la vida parece recobrar su intimidad. Una magia que se recrea cada vez que se nombra porque en la lectura también va implícito el silencio.

Nada más alejado de la vida postmoderna que la poesía y su magia y sus mensajes apenas sugeridos. Nuestra capacidad de asombro envejeció tanto que todo aquello que salga de los cauces de la "normalidad" queda huérfano de seducción y es rechazado casi automáticamente. Las explicaciones racionales desnudan al mundo de toda magia. Ya nadie cree en los sortilegios ni en los conocimientos hermenéuticos. Ya muy pocos leen y se regocijan en la poesía. Ya la locura ha sido domesticada bajo el velo de los de salud pública. El castigo divino cae sobre nosotros como una sucesión infinita de imágenes en las pantallas. Algo de humanidad se nos extravió en el camino.

• • •

LA SACERDOTISA

Ah, tú, simetría del poema, único dios
perfecta simetría del poema donde acecha el tigre,
el tigre de la locura que ruge aun contra el pensamiento...

En el Tarot de Marsella, el más antiguo que se conoce, la carta de La Sacerdotisa o Papisa ofrece la imagen de una mujer ataviada con la vestimenta del monarca eclesiástico. Muestra un crucifijo en el pecho que la liga a la religión cristiana; aspecto subrayado por *El Libro de los Profetas* entre sus manos. Basado en la leyenda de la papisa Juana, ostentadora del trono de Pedro a mediados del siglo IX y cuyo género habría sido descubierto al dar a luz durante una procesión, el arcano representa el paradigma femenino como fuente de pureza a partir de su virginidad y de su condición privilegiada: cobija a la Esencia Divina en su vientre, donde la protege, alimenta y finalmente prefigura en espíritu encarnado. La Sacerdotisa es una mujer que da vida y también conocimiento, por lo que creación y sabiduría convergen en su imagen.

Para María Panero, La Sacerdotisa siempre estuvo representada por la literatura, ese lugar privilegiado para salvarse de "la realidad de puto espanto", como lo escribió en el prólogo a su libro *Tensó*. Desde niño fue un gran lector. Recorrió páginas de innumerables libros, de múltiples temas, que lo dotaron de un bagaje cultural extensísimo. Psicología, poesía, narrativa, política, ciencias ocultas, textos bíblicos, son apenas algunos de los escritos con los que se fue educando. Muchas veces sus lecturas eran estrafalarias y dejaban abatidos a quienes hablaban con Leopoldo, como narra

J. Benito Fernández que sucedió durante el rodaje de *El desencanto*, el primer documental sobre la familia Panero.

En algunas escenas el poeta aparece balbuceando frases incomprensibles donde Lacan se asoma una y otra vez. Cita sus teorías, conceptos y consideraciones sobre el psicoanálisis. Jaime Chávarri, el director de la película, llegó al punto del hartazgo y le cuestionó:

-Mira, yo he cogido un libro de Lacan, lo he intentado leer y no he pasado de la página dos; es que no lo entiendo.
-Es que yo tengo un libro que se titula Para entender a Lacan.

Con este sistema de asimilación de la lectura sus versos fueron nutriéndose de la propia literatura. El método queda expuesto en su poesía a partir de citas o referencias a escritores de distintas lenguas, corrientes y épocas. El arte como fuente que se renueva a sí mismo es una de las líneas que puede rastrearse en su obra. Es por ello que en *Conjuros contra la vida* menciona: "para mí la vida es sólo la página: el universo es una sílaba como para la kábala".

En su conducta diaria, El Demiurgo tomaba la máscara de un sacerdote protector de la literatura. Se le podía cuestionar sobre el clima o lo que había comido durante la mañana. No era extraño que la respuesta fuera un poema de Rimbaud o Baudelaire, en francés por supuesto, o algún texto suyo o los argumentos de las teorías respecto a la vida o la locura que se le habían ocurrido a últimas fechas. Leopoldo era un palimpsesto vivo, su existencia estaba sobre la página, tal y como lo escribió en Poemas:

Y me arrodillo ante el verso
que es lo que queda
de mi alma rozada por el ruido de las campanas
sonando a muerto...

El amor a la literatura también se reflejaba en su proceso de creación. Si algo dominó fue la labor desde y por el verso, sin importar las condiciones que padeciera. Manicomios, cárceles, callejones, basureros, viajes, fueron apenas situaciones secundarias que no afectaron su trabajo como poeta. Para Panero se trataba precisamente de eso, de un trabajo, de una manera de vivir, de una pasión. Enseñaba que, como sucede en el amor, hay que ensuciarse las manos, el alma y la boca con la poesía. Llegaba al verso buscando el idioma del mal, lo que le procuraba la comunión con la locura y la muerte, como él mismo lo describió:

Blake, Nerval o Poe serán mis fuentes, como emblemas que son al máximo de la inquietante extrañeza, de la locura llevada al verso: porque el arte en definitiva, como diría Deleuze, no consiste en dar a la locura un tercer sentido: en rozar la locura, ubicarse en sus bordes, jugar con ella como se juega y se hace arte del toro, la literatura considerada como una tauromaquia: un oficio peligroso, deliciosamente peligroso.

Que nadie espere un camino dócil si se adentra al territorio del miedo que es la poesía, estipulaba Panero. La poesía como trabajo, pesadilla, existencia y desvelo. La poesía como un juego extremo donde se arriesga la conciencia. En el prólogo de su libro *Teoría*, advirtió la costra de la desagracia literaria: "No escribo porque estoy condenado, sino que estoy condenado porque escribo".

Pese a los rasgos anárquicos de su escritura, El Demiurgo comprendió que no hay pasión sin malicia, versos sin guiños del abismo, literatura sin martirio, como tampoco arte desde la ingenuidad. Es imposible la candidez en la página. En el prefacio del poemario *El último hombre*, lo explicó de esta manera:

> También he de decir, en esta suerte de POÉTICA, que, al igual que Mallarmé, no creo en la inspiración. Es más considero que la buena literatura debe rehuir a ésta como si de una bestia se tratara. La poesía no tiene más fuente que la lectura, y la imaginación del lector. La literatura, como decía Pound, es un trabajo, un job, y todo lo que en ella nos cabe hacer es un buen trabajo, y ser comprendidos, *cal trovar nos porta altre chaptal* (porque cantar no recibe otro capital), como afirmara la Comtessa de Dia. Algo que no sabe decididamente el poeta inspirado es que trovar es difícil, que la buena poesía no cae del cielo, ni espera nada de la juventud.

La literatura, la literatura de verdad, aquella que sortea el juicio del tiempo, no puede desprenderse de un impulso juvenil o ingenuo. Leopoldo lo comprendió muy temprano. Desde sus primeros libros existe una intensión de escritura en la que los versos son el resultado de una labor artesanal. Labor, en la que la propia vida del autor está en riesgo y sólo podrá ser un poeta completo quien esté dispuesto a morirse por "el reino" de la hoja en blanco. Lo poetizó en el texto "Dedicatoria", del libro *Last river together:*

> Más allá de donde
> aún se esconde la vida, queda
> un reino, queda cultivar

como un rey su agonía,
hacer florecer como un reino
la sucia flor de la agonía:
yo que todo los prostituí, aún puedo
prostituir mi muerte y hacer
de mi cadáver el último poema.

El Demiurgo llevó su radical propuesta más allá de la creación. Decía que tampoco la crítica literaria podía estar alejada de los preceptos de una literatura percibida como trabajo, un trabajo peligroso. La crítica debía entonces andar las mismas veradas de la propia literatura: reconocerse y surgir como arte.

En 1974 presentó el texto "Los abominables mamarrachos", una andanada en contra de los estudiosos de la literatura, donde subraya la inocencia de sus análisis y exige una nueva puesta en abismo de las investigaciones académicas:

Si el arte, la escritura, han muerto no ha sido sólo por causas externas, sino también internas: el arte, la escritura han muerto por una sola causa: por cuanto eran fruto de la división social entre trabajo manual y trabajo intelectual, y de la división del hombre entre lenguaje y energía, entre significado y sentido: así nos correspondería inaugurar un nuevo arte total, hecho por todos, fusión de sentido y significado. Esto es lo que, fundamentalmente, quieren decir Lautremont, Mallarmé y Artaud: no habrá ya entonces necesidad de "crítica", acabó el arte "inspirado", ateórico (y por consiguiente ideológico) y acrítico; y la crítica, si aún quiere ser, habrá de ser artística, tan total como el arte que pretende criticar.

Para alcanzar la trascendencia, la literatura debía alejarse de cualquier artificio que la condenara a la superficialidad: los medios, las exigencias del mercado, los cánones de las editoriales. El peligro de perder la vida al escribir tendría que ser no sólo aceptado sino también estimulado por los autores. Desde la otra trinchera, los críticos deberían entrar en la palestra de la escritura, donde se ponen en riesgo la existencia y la razón. El objetivo siempre es el mismo: embestir al lector como sólo las obras maestras pueden hacerlo. Dejarlo balbuceando ante las páginas. Que después de leer cada línea sepa que no existe salvación posible y conciba, desde un espacio otro, su propia vida.

Con la convicción de morir frente a la hoja en blanco y a contracorriente de la literatura actual, cuya calidad se mide por la venta de ejemplares y el cúmulo de premios al por mayor que logran obtener los autores, Leopoldo cultivó una obra al margen, poesía daga en contra de la propia vida. En *Última poesía no española* escribió: "La literatura es una crítica de la realidad -o debe ser-, incluso cuando precisamente por serlo se aleja de ella, criticando a la lectura, haciéndola difícil o imposible, como en Góngora y Mallarmé".

Sólo así, mordiendo el alma del lector, la poesía consigue mostrar el verdadero rostro del hombre -sin máscaras-: aquello que se aloja en lo más hondo de los seres humanos, lo que nos despierta, cobijados de sudor y espanto, a mitad de la madrugada y nos recuerda, al poeta y al lector, lo que realmente somos: tan sólo algunas palabras para la muerte.

• • •

LA EMPERATRIZ

Madre e hijo se ofrecen sus ramos
de lirios blancos y de orquídeas, y en la boca
llevan ya el beso para desposarse...

En la belleza de la mujer se rumora el desconsuelo. Tres niños, no menos agraciados, componen la fotografía inicial de la película. No hay música y el silencio subraya la inmovilidad de la imagen en blanco y negro. Una vez que empieza el movimiento los sentidos son apedreados por música marcial y una voz femenina -luego se sabrá que pertenece a esa mujer de la que para entonces el espectador ya se ha enamorado- declama un poema, mientras una estatua cubierta por una manta va apoderándose de la pantalla.

La imagen enfundada escupe una sensación de ahogo. Algo que parece humano se encuentra maniatado bajo la lona. La combinación de asfixia y poesía agudiza la incomodidad. Causa extrañeza la simulación de la muerte. Las estatuas nos recuerdan que los muertos son los únicos que pueden soportar la gloria en su estado natural: una mezcla de sol y mierda de palomas.

Pese al desconcierto la voz no cesa. Explica: "Él murió a las siete de la tarde en Castrillo de la Piedras, una tarde de verano, luminosa y clara, como tantas otras que habíamos vivido en otros veranos. Los días anteriores habíamos sido felices. Una vez más se producía un corte en mi vida".

El testimonio pertenece a Felicidad Blanc, quien habla sobre Leopoldo Panero, su marido muerto en 1962. El discurso de la mujer es el primero en aparecer en el documental *El desencanto*, producido por Elías Querejeta y dirigido por Jaime Chávarri en 1976. Cuando la mujer se muestra en la cinta, su diálogo siempre se dirige al pasado.

A contrapelo de su nombre, Felicidad vivía en la nostalgia y la desdicha perpetuas. Su cielo fue gris. Había como una especie de sabor a vidrios rotos ensuciándole la lengua. Por ese mismo rasgo sus memorias, tituladas *Espejo de sombras*, son la confirmación de que el presente siempre le fue ajeno. Durante la presentación del volumen, en una entrevista para *El País*, explicaba:

> En mi infancia se percibían todavía los resplandores del siglo XIX, y algo he conservado. Quizá la capacidad de soñar, de volver siempre al recuerdo, y de seguir siendo esa niña que llora sin llorar, que aparece en una de las fotos de mi libro. Por todo esto no me ha sido difícil escribir el libro, recuperar en tres meses mi pasado. Me he sentado ante el magnetofón y me consta que muchas páginas han sido transcritas directamente... El pasado viene a mí porque, en realidad, siempre viví con los ojos puestos en él: incluso siento que vivo el presente para recordarlo o como si ya fuera pasado... todo esto, y mis amores, y mi soledad terrible, y el no haber encontrado el gran amor que buscaba.

Al inicio de *El Desencanto* las intervenciones de Felicidad ofrecen gajos acerca de su persona. Con rasgos finos y una voz que hace agua en el oído, cuenta sobre los idilios soñados que jamás encontraron anclaje en su vida. Su belleza agiganta al personaje. El cabello teñido de blanco, las facciones de porcelana, las manos que juguetean con las palabras, son algunas de las características de la mujer que durante el filme recibe, en ocasiones, los reclamos de sus hijos.

Michi, el menor de los Panero, le cuestiona sobre uno de sus traumas infantiles. La mascota familiar había tenido varios cachorros, pero ante las amenazas del padre debían desaparecerlos. Felicidad metió a los perritos en una caja, a la que le hizo varios hoyos para que pudieran respirar y, junto a sus dos hijos más pequeños, se dirigió rumbo a un puente desde donde se deshizo de la camada. "¿Por qué le hiciste hoyos a la caja si los cachorros igual iban a morir?", le interroga Michi. "Pensé que no hacía falta una tortura mayor para los desahuciados animales", responde Felicidad, haciendo florecer las risas.

Pero es Leopoldo María, el segundo de los descendientes, quien enfila los reclamos más graves en contra de su madre. La culpa del horror que ha padecido desde su primer internamiento en el manicomio. Cuando intentó suicidarse a los 20 años, explica, lo que buscaba en realidad era llamar la atención de Felicidad Blanc, quien no comprendió el mensaje y lo mandó al infierno del psiquiátrico. No ha sido fácil ser una mujer sola, responde ella. Bajo este diálogo de pugnas y justificaciones se muestra una relación entre madre e hijo basada en la paradoja amor-odio, sin carecer de cierto tinte edípico.

Desde niño su madre brindó protección al poeta. Ella tomaba notas de Leopoldo, apenas de tres años de edad, cuando éste balbuceaba versos. Y hasta los últimos momentos de su vida estuvo al pendiente de su hijo enfermo, internado en alguna clínica de salud mental, a pesar de que para ese entonces Felicidad ya padecía cáncer y las visitas al manicomio le causaban agudas decaídas físicas.

Cuando El Demiurgo purgaba condena en la cárcel o se encontraba internado o se hallaba viviendo fuera de la casa familiar de Ibiza 35, en Madrid, el intercambio epistolar entre madre e hijo trazaba una cercanía entre ellos que no dejó de estar matizada por la literatura. Así lo confirma la carta que Felicidad le envía a Leopoldo, en ese entonces preso, cuando recibe el ejemplar del primer libro del poeta: "Querido Leopoldo: Anoche me dejó Molina *Así se fundó Carnaby St.* y esta mañana lo he leído. Te pongo estas líneas para decirte que es lo mejor que has hecho, me ha impresionado enormemente, es un acierto total, cuánta sensibilidad, inteligencia y originalidad".

El vínculo madre e hijo estuvo a su vez nublado por la melancolía de Felicidad Blanc, al igual que por los excesos de María Panero. Adicto a las drogas y el alcohol viajaba a la ciudad vasca de Irún. Felicidad, de vacaciones en el mismo sitio, recibía dinero de Leopoldo para que le comprara hachís, no sin antes advertirle: "pero que no te engañen".

Tanto apego existía por la figura de su madre que ella no podía estar ausente en su poesía. Los primeros versos que brindó a Felicidad siguen la tónica del reclamo y la amenaza. Muestra de ello es el texto "Ma Mère", de *Narciso en el acorde último de las flautas*, que es acompañado de una dedicatoria: "A mi desolada madre, con esa extraña mezcla de compasión y náusea que puede sólo experimentar quien conoce la causa, banal y sórdida, quizá, de tanto, tanto desastre":

Yo contemplaba, caído
    mi cerebro
aplastado, pasto de serpientes, a
venas de las águilas,
    pasto de serpientes
yo contemplaba mi cerebro para siempre aplastado
y mi madre reía, mi madre reía
viéndome hurgar con miedo los despojos
de mi alma aún caliente
    temblando siempre
como quien tiene miedo de saber que está muerto...

Con el mismo tono de ataque en contra de Felicidad, en el libro *El último hombre*, Leopoldo ofrece el poema "Proyecto de un beso":

Te mataré mañana cuando la luna salga
y el primer somormujo me diga su palabra
te mataré mañana cuando estés en el lecho,
perdida entre los sueños
y será como cópula o semen en los labios...

Sin embargo, desde el otro lado de las tinieblas, ella fue también la protagonista del texto más hermoso de María Panero, el cual se halla en *Poemas del manicomio de Mondragón*, con el título "A mi madre (reivindicación de una hermosura)".

En el texto el poeta se reconcilia con Felicidad. Le pide que lo acompañe, como si se tratara del ruego de un niño, a ese pasado donde ella se siente en calma, donde percibe su origen, donde para los dos todo cobra sentido. Madre e hijo vuelven a encontrarse, felices y sosegados, bajo las estrellas:

Escucha en las noches cómo se rasga la seda
y cae sin ruido la taza del té al suelo
como una magia
tú que sólo palabras dulces tienes para los muertos
y un manojo de flores llevas en la mano
para esperar la Muerte
que cae de su corcel herida
por caballero que lo apresa con sus labios brillantes
y llora por las noches pensando que le amabas,
y dice sal al jardín y contempla cómo caen las estrellas
y hablemos quedamente para que nadie nos escuche
ven, escúchame hablemos de nuestros muebles
tengo una rosa tatuada en la mejilla y un bastón con
empuñadura en forma de pato
y dicen que llueve por nosotros y que la nieve es

                                                      [nuestra

y ahora que el poema expira
te digo como un niño, ven
he construido una diadema
(sal al jardín y verás cómo la noche nos envuelve).

Luego de varias décadas de abusos y desencuentros Felicidad hizo un contrato legal con El Demiurgo para deslindarse de sus gastos y censurarlo de la casa familiar. Sin embargo, siempre estuvo a su lado hasta que ella falleció de cáncer el 30 de octubre de 1990. Ese día, cuando Leopoldo llegó a la funeraria, intentó resucitarla dándole respiración de boca a boca, arguyendo que conocía un método para revivir a los muertos.

Sus hermanos le impidieron profanar el cadáver que tal vez se quedó esperando la última muestra de cariño del más precario de sus hijos. Ese gesto de amor por la que ella rogaba desde décadas atrás: "Necesito no a Dios, Dios está tan lejos, sino a alguien que me haga una caricia, sólo una pequeña caricia que me es imprescindible para seguir, para terminar lo poco que me falta"

. . .

EL EMPERADOR

Soy el rey de la página
y el asesino de los ruiseñores...

El desencanto es el primer parricidio fílmico de España. En la cinta Felicidad Blanc y sus hijos: Juan Luis, Leopoldo María y Michi, hacen registro de las disidencias con el patriarca de la familia: Leopoldo Panero Torbado. Sin llegar a los insultos, dibujan la personalidad de un hombre, alcohólico y dictador, que nunca fue lo suficiente como persona para aminorar el lastre del tiempo. Pareciera que reclaman el desamparo que sufrieron tras la muerte del poeta.

Mala decisión la de morir joven cuando aún falta mucho para acudir al patíbulo de la historia. Varios de los amigos de Panero se sintieron ofendidos por el documental. Acusaron a los hijos de ser tan buenos críticos como tan malos poetas. En los meses que siguieron al estreno de la película, era común que se afirmara que ninguno de ellos estaría a la altura literaria de su padre, al que tanto reprendían en la cinta. A la par, el filme caló hondo en la sociedad española. La figura de Leopoldo Panero se percibió como una metáfora de la muerte de Franco.

A manera de reivindicación del poeta, en 2009 se filmó *Los abanicos de la muerte*, dirigida por Luis Miguel Alonso Guadalupe, bajo el auspicio de Arce Producciones. En la cinta se le da voz al propio Leopoldo Panero. Acompañados de una extraordinaria fotografía se presentan los poemas que escribió para su familia, haciendo énfasis en el amor que le procuraba. Sus palabras son un revés a los testimonios que su esposa e hijos vertieron en *El desencanto*. Aun con la nueva película, la imagen de Leopoldo Panero es contradictoria tanto literaria como políticamente.

Nacido en Astorga, León, en 1909, y de inclinación republicana, coqueteó con el comunismo en su juventud. Incluso César Vallejo pasó varias estancias en la casa familiar de los Panero cuando en 1931 le fue impedido su ingreso a Francia, precisamente por sus inclinaciones socialistas. Del peruano, Panero escribió:

> Indio bravo en rescoldo
> y golondrinas culminantes de tristeza
> había venido, había venido caminando,
> había venido en ciudades hundidas
> y era su corazón como un friso de polvo
> y eran blancas sus manos todavía,
> como llenas de muerte y espuma de mar.

Con el mismo cause de izquierda Leopoldo Panero publicó el poema "Por el centro del día" en el primer número, correspondiente al mes de octubre de 1934, de *Caballo verde para la poesía*, la revista española de Pablo Neruda:

> Llevo mi corazón por el centro del día.
> Su dulce cementara de pueblecillos verdes
> me empapa como a un muerto.
> La nieve me ofrece sus ruinas nocturnas
> y la oigo correr por mis labios
> como una leyenda de oro virgen...
> ¡Tibia hospitalidad de la hermosura!
> ¡Encendimiento amarillo de la tierra!

Si bien el astorgano se identificaba con el comunismo, dos hechos cambiaron radicalmente su ideario. El primero fue su encarcelamiento en 1936, acusado de nexos con el Socorro Rojo. Se libró del fusilamiento por intermediación de una pariente suya, Carmen Polo de Franco, esposa del Caudillo. El segundo hecho que modificó su geografía ideológica fue la muerte, en 1937, de su hermano Juan, con quien compartía las inquietudes socialistas y la poesía. Falleció en un accidente automovilístico.

El poeta terminó por alinearse al sistema, lo que le valió ser representante cultural del régimen franquista en el extranjero. En 1946 el matrimonio Panero Blanc, junto con su, en ese momento, único descendiente: Juan Luis, arribó a Inglaterra, donde Leopoldo desempeñó el cargo de director del Instituto de España en Londres. La familia se instaló en el 102 de Eaton Square. Hasta ahí llegaba T.S. Eliot para beber con Leopoldo Panero. La literatura, la filiación religiosa y el alcohol unieron a los dos poetas durante un momento en el que el mundo pretendía renacer tras el horror de la Segunda Guerra Mundial. *En Espejo de sombras*, Felicidad Blanc rememora aquellos encuentros:

> Una tarde viene el poeta T.S. Eliot. [.] Le recibimos protocolariamente en el salón de abajo. [...] Es una tarde gris y la luz escasea en el salón. Cuando entra Eliot, hago intención de encender las luces eléctricas. Me dice: "No por favor, estaremos así mejor". Da una impresión de sencillez, de modestia, viste con una elegancia discreta, como si cada prenda por él llevada formara ya parte de sí mismo. Su voz pausada, monocorde. [...] Aunque viene otras tardes de manera más íntima a compartir con nosotros arriba, en nuestra casa, una taza de té, no puedo sin embargo recordarlo más que así, apenas adivinado en la penumbra, con

sus movimientos lentos y elegantes, con su voz baja que hubiera deseado oír durante muchas horas.

A pesar de que siempre se mantuvo en el ala liberal de La Falange, a la que se había adherido al iniciar la Guerra Civil Española, la ruptura de Leopoldo Panero con la izquierda fue definitiva en la década de los cuarenta. Como suele suceder, su alejamiento ideológico se agudizó con el tiempo. En 1960, Pablo Neruda publicó *Canto general*, en el que hablando de la muerte de Miguel Hernández acusaba:

> Que sepan los que te mataron que pagarán con
> [sangre [...]
> Que sepan los malditos que hoy incluyen tu nombre
> en sus libros, los Dámaso, los Gerardos, los hijos
> de perra, silenciosos cómplices de verdugo,
> que no será borrado tu martirio, y tu muerte
> caerá sobre toda su luna de cobardes...

Como respuesta a ese belicoso texto, el astorgano escribió *Canto personal*, donde defendía a los inculpados. La osadía de contestarle al chileno le costó un pesado yunque de ignominias por el resto de su vida y de su muerte. Por ello en *Canción de gesta*, Neruda le endosó la muerte de Antonio Machado, García Lorca y Miguel Hernández a "la caterva infiel de los Panero, los asesinos de los ruiseñores".

Perteneciente a la llamada generación del 36, los infortunios abonaron a la desazón de su figura pública. Leopoldo Panero fungió como director editorial de Selecciones del Reader's Digest, empresa vinculada a los intereses del Departamento de Estado norteamericano, y se atrevió a ofrecer declaraciones difíciles de justificar: "en pocos países del mundo se puede escribir poesía con tan absoluta y desinteresada libertad como desde España".

Bajo estas palabras murió dejando tras de sí la estela de poeta oficial del franquismo. La razón para ello no esconde ningún secreto. Javier Huerta Calvo ha expresado que múltiples escritores e intelectuales, como José María Vivanco, Luis Felipe Vivanco, Luis Rosales, Pedro Laín Entralgo, José Luis López Aranguren, "tuvieron la oportunidad de rectificar posiciones y descargar conciencias. Todos menos Leopoldo Panero, a causa de su prematura muerte". El poeta de Astorga es uno más de los escritores que ganaron la Guerra Civil pero que perdieron la historia de la literatura española.

Con esa sombra patriarcal franquista durante su juventud, María Panero llevó el parricidio al extremo. Por todos los medios intentó desmarcarse del fardo en que se había convertido el nombre de su padre. Ingresó al Partido Comunista y su militancia lo condujo a participar, a finales de los sesenta, en innumerables manifestaciones en contra de las políticas del gobierno de Franco, valiéndole sus primeras visitas a la cárcel. La separación definitiva con la imagen del "poeta oficial del franquismo" se dio años más tarde, cuando al ser cuestionado sobre el utópico romance entre Felicidad Blanc y Luis Cernuda, Leopoldo María respondió: "Lo único que no le perdono a mi madre es que pudiendo haber sido hijo de Luis Cernuda, me condenara a ser hijo de un poeta mediocre, como fue Leopoldo Panero".

Tal vez prefigurando la desgracia en que caería su nombre, Leopoldo padre escribió su "Epitafio" mucho tiempo antes de morir:

Ha muerto
acribillado por los besos de sus hijos,
absuelto por los ojos más dulcemente azules
y con el corazón más tranquilo que otros días,
el poeta Leopoldo Panero,
que nació en la ciudad de Astorga
y maduró su vida bajo el silencio de una encina.
Que amó mucho, bebió mucho y ahora,
vendados sus ojos,
espera la resurrección de la carne
aquí, bajo esta piedra.

A su vez María Panero pulsó la herida y en *Narciso en el acorde último de las flautas* contestó aquel poema escribiendo "Glosa a un epitafio (carta al padre)":

Sólo tú y yo, e irremediablemente
unidos por la muerte: torturados aún por
fantasmas que dejamos con torpeza [...]
de ese beso, final, padre, en que
desparezcan
de un soplo nuestras sombras, para
asidos de ese metro imposible y feroz, quedarnos
a salvo de los hombres para siempre,
solos yo y tú, mi amada,
aquí, bajo esta piedra.

El incesto como núcleo del poema se agrava hasta desembocar en el cambio de sexo de la figura del progenitor a la que se dirige la voz poética. Deja de ser su padre para convertirse en su amada. La paradoja se encuentra intrínseca en el texto, al igual que sucede con el parricidio que intentó El Demiurgo. Para matar a su padre, tuvo que reconocerlo y, con ello, reconocer también la tradición que éste encarnó: familia, religión, nacionalidad, poesía, palabra.

En un ámbito alegórico, el parricidio le suponía el derrocamiento de esa figura paternal pero supo imposible el acto, debido a la historia que compartían víctima y victimario. A pesar del asesinato, la tradición no podía tirarse al olvido. Muchas veces lo intentó María Panero. Nunca lo consiguió. Recordaba a su padre en cada poemario. En *Así se fundó Carbay Street* inició la serie de epitafios en su honor:

> In Memoriam
> Leopoldo Panero Torbado, 1909-1962
> La luz del día vence sobre la llama de los cirios.

La locura no exentó al poeta del dolor por la pérdida de esa imagen que, durante sus primeros años, le brindó protección y cariño. A pesar de la estela familiar franquista le fue imposible soslayarla. Por tal motivo Leopoldo no llevó hasta las últimas consecuencias el parricidio que es la negación del pasado. Así lo demuestran sus palabras, donde la figura paternal se coloca como el último resquicio de racionalidad que sustentaba en su biografía: "No te puedo decir el año de nada de lo que ha sucedido en mi vida. Salvo la muerte de mi padre, que fue en 1962, me lo sé de memoria".

. . .

EL PAPA

Vomito el alma por las mañanas,
después de pasar toda la noche jurando
frente a una muñeca de goma que existe Dios...

El Papa representa el poder eclesiástico. Es la piedra, sólida y eterna, en la que se fundó la Iglesia. El Papa es el guía, el protector, el representante de dios en La Tierra y, como representante de dios, es una figura que será ridiculizada, parodiada y defenestrada en los versos de Panero, que lo ve, en algunos casos, como representante de la hipocresía y, en otros, como el personaje idóneo para arremeter en contra del creador.

"Las monjas adoran a su Dios que no existe". De esta manera inicia el texto "La monja atea", del poemario *Contra España y otros poemas no de amor*, para luego continuar con el rosario de anatemas:

mientras el Papa aprieta el gatillo
y dice Dios no existe
es una imaginación de la Iglesia
que está muriendo poco a poco
los ateos lloran al pie de una estatua.
Y el mundo dice Dios no existe
es una imaginación del Papa...

El desprecio que Leopoldo sentía por la religión puede rastrarse desde su niñez. El poeta vivió el régimen franquista y fue educado en colegios católicos. A pesar de o precisamente por esto siempre mostró apatía por la religión. Como lo cuenta J. Benito Fernández, es legendaria la pugna que el poeta sostuvo con el clérigo del Liceo Italiano donde estudiaba en su adolescencia para demostrarle que Dios no existía. Posiblemente como una remembranza de lo sucedido, en *Presentación del Super-hombre* registró:

> Y toda la tripulación se había amotinado
> Contra la túnica del sacerdote
> Del infame sacerdote, más ridículo aún que la nada...

Julia Barella ha establecido que la obra de Leopoldo debe enmarcarse dentro de la sentencia nitzscheana de "Dios ha muerto", y ejemplos de ello sobran. En el poema "IV. Y así empieza", de *El último hombre*, proclamó:

> Y Dios se suicidó al crear: en la piedra que coges
> en la mano, en el agua que acumulas
> en el hueco de la mano, Dios está muerto...

La misma trasgresión a los estigmas religiosos se encuentra en otras obras del madrileño. En el poema "Vanitas Vanitatum", de *Teoría*, escribió:

> Y vi cómo se asesinaba en el nombre de Dios,
> vi cómo se exterminaba a pueblos, a razas enteras
> por no adorar la imagen de la Bestia,
> que lleva el nombre de Dios...

Al final del texto se cita al *Apocalipsis de San Juan*: "y todas las criaturas en el mar serán destruidas".

Una blasfemia similar se registra en *Poemas del manicomio de*

Mondragón en el que expuso "El lamento de José de Arimatea", donde el yo poético, tomando la máscara de José, enuncia:

> Mujer,
> no te arrodilles más ante
> tu hijo muerto.
> Bésame en los labios
> como nunca hiciste
> y olvida el nombre
> maldito
> de Jesucristo.

Los textos del Demiurgo pretendían vulnerar la tradición cristiana pero sin alejarse de esa misma tradición bajo cuya luz creció. Las arremetidas que dirigía en contra de la religión se encontraban sustentadas, en la mayoría de las ocasiones, en la *Biblia*, en lo que parece un amague por transgredir al cristianismo utilizando, como buen exégeta, los argumentos del propio cristianismo. En su poesía fue tejiendo un discurso encaminado a mezclarse con los *Evangelios* e incluso pretendió apropiarse de ellos y reescribirlos.

En *Los señores del alma* ofreció una nueva versión del pasaje de Lucas 22, en el que se narra la traición al Mesías:

> Jesucristo le dijo al oído a Judas:
> toma estas monedas contra el hombre
> ya que no humano el hombre,
> al flor de lo inhumano
> perfección de la nada
> oh rosa homosexual nacida de la nada
> que escupe contra el hombre

-Ah treinta dracmas-
y sólo por oro tan poco
un animal se esconde, como un sapo
entre los árboles.

Y en *Conjuros contra la vida* recrea el primer fratricidio de la historia según El Génesis:

Yo Caín, soy hermano del bueno de Abel. Frecuentemente le hacía chanzas, a propósito del bien, diciéndole: "Qué aburrido es ser bueno, es en el mal donde está el único bien": y me reía de él. [...] Y él, otro de los días que le golpeaba, gritó: "Qué vergüenza es estar vivo, y no ser querido".

Hasta que al final, uno de los días en que como siempre volvía ebrio a mi casa, le golpeé hasta matarle. Y desde entonces su recuerdo me persigue, y me persigue el sol como un ojo, recordándome a Abel.

Y sin embargo, yo no moría, era un moribundo pero no me moría: y comprendí entonces que era Yo, Caín y no Abel, el condenado de la vida eterna.

Adueñarse de la palabra sagrada implicaba para Panero lacerar totalmente a la religión, corromper la imagen de Dios y reescribir con sus versos los textos sagrados. Pretendía con ello restituir la figura del poeta, no sólo como sacerdote, sino también y sobre todo como profeta, aquel que poesía la voz de la tribu y gozaba de las palabras exactas para comunicarse con el creador. Por supuesto, un creador oscuro, perverso, éste de Leopoldo.

Siguiendo ese objetivo en *Orfebre* aparece el poema "Himno a Dios el Padre", donde la voz poética pide inspiración divina, a su sol negro, para que el pecado cubra la Tierra:

Tú que espías el fluir oscuro de mi orina
tú que haces fluir la leche del esperma del muchacho
que llevas el pelo revuelto para enamorar a los
[pequeños
que te divierte ver cómo se escancia la sangre
[en los vasos oscuros
y cómo un niño bebe la sangre del cerdo
diciendo ¡Oh mi Dios! Ayúdame a pecar en la sombra
para que todo el mundo vea cómo se escancia la sangre
en los vasos oscuros
en donde bebe el cerdo y la princesa orina
como si orinar fuera sagrado
como si estuviera cerda la sangre del cerdo
para calentarnos en desierto del mediodía

A contracorriente de lo establecido por Nietzsche, en los versos del Demiurgo el único Dios que no ha muerto es el de esta poesía lóbrega de tan perversa. A fin de apuntalar la figura de la divinidad nocturna Leopoldo utilizó la palabra ensangrentada con blasfemias. Recreó nuevos episodios bíblicos o actos ligados a ritos satánicos: "¡Oh mi Dios! Ayúdame a pecar en la sombra".

Por medio del reflejo de las santas escrituras logró profanarlas, para establecer el renio de La Nada, otra de sus musas predilectas y que para los teólogos de la Edad Media representaba al vacío, a la carencia del todo, a la ausencia de Dios, es decir, La Nada representaba El Mal. En el poemario

El que no ve se presenta el texto "El suplicio", donde María Panero explica de manera clara sus intenciones de arrebatar el poder divino desde La Nada:

> La fiebre se parece a Dios.
> La locura: la última oración.
> Largo tiempo he bebido de un extraño cáliz
> hecho del alcohol y heces
> y vi en la marea de la copa de los peces
> atrozmente blancos del sueño.
>
> Y al levantar la copa,
> digo a Dios,
> te ofrezco este suplicio
> y esta hostia nacida de la sangre
> que de todos los ojos mana
> como ordenándome beber,
> como ordenándome morir
> para que cuando al fin sea nadie
> sea igual a Dios.

El yo poético pretende ser "nadie". Se trata de La Nada que tantos cuestionamientos le provocó a poetas como Octavio Paz: "¿La Nada es creadora? ¿La Negación es hacedora? La crítica, que limpia las mentes y que es el guía de la vida recta, ¿no es la hija de la negación?"

Desde la negación del ser, Leopoldo instituyó este Dios de las tinieblas y el desorden, de La Nada que puede menguar, destruir, apoderarse de la palabra sagrada, establecer eternamente el silencio, el vacío, El Mal.

Así deben de entenderse estos poemas de Panero. Evangelios pervertidos que se pronuncian para luego desaparecer, porque ser silenciados era su destino último. Instaurar el Silencio de la Nada, el reino del Mal, donde no haya Dios, ni fe, ni siquiera poesía. Sólo así El Demiurgo sería nuevamente el profeta del sigilo y la sinrazón:

Nunca más
volveré a escribir
nunca más soñaré que he escrito
y será sólo el silencio mi grito
será sólo la página quemada por el viento
y seré sólo
como un artista de mi propia locura...

• • •

LOS ENAMORADOS

Estaban ciegos los amantes,
están solos
mais tombait la neige
daba pena verlos cuando a solas hablaban
de estar juntos, y lloraban,
y adoraban la nada en el altar del amor...

El deseo es lo que se encuentra detrás del amor (Eros) y de su contraparte el odio (Misos). Los dos son caretas del mismo sentimiento. No pueden desprenderse uno del otro. Por eso es tan fácil que el amor se convierta en odio y el odio en amor.

Estos términos comparten rasgos y existen ocasiones en los que inevitablemente se fusionan. Leopoldo lo definió poéticamente:

El acto del amor es lo más parecido
a un asesinato.
En la cama, en su terror gozoso, se trata de borrar
el alma del que está,
hombre o mujer,
debajo.
      Por eso no miramos.
Eyacular es ensuciar el cuerpo
y penetrar es humillar con la
verga la erección de otro yo.
Borrar o ser borrados, tando da, pero
en un instante, irse
          dejarlo
              una vez más
entre sus labios.

La historia del deseo es la historia del hombre. Éste se reconoce como un infectado de aquél. Se trata de un concepto que libera los demonios de la valentía, el atrevimiento, el valor y la locura. Solamente hasta ver muerto a Patroclo -su amante-, Aquiles decide entrar a la batalla de Troya haciendo estragos a Héctor. Otelo busca refugio en el suicidio luego de haber matado a Desdémona, a quien odiaba porque creyó que le había sido infiel. "No se puede vivir sin amar", se leía en la placa dorada de la casa de Malcolm Lowry en Cuernavaca, ciudad maldecida por el amor perdido entre Maximiliano y Carlota.

Pareciera que saciar el deseo implica cruzar la puerta dibujada por Dante a la entrada del infierno, cuya advertencia es clarificadora: "Por mí se va a la ciudad doliente; por mí se va al eternal tormento". Nadie sale ileso tras el ritual de manos. Posiblemente el único órgano del hombre destinado a la inmundicia sea el corazón. Ciryll Connolly lo explicó de manera perfecta:

> ¿Es posible amar a un ser humano sin ser descuartizado miembro a miembro? Nunca un burdel hizo a nadie desgraciado; no tiene por qué haber nada angustioso en el acto sexual. Sin embargo, un rostro visto en el metro puede destruir nuestra serenidad para el resto del día, y una vez que se genera una atracción mutua ya es demasiado tarde; cuando la emoción sexual aumenta hasta convertirse en una pasión comienza a brotar algo que tiene vida propia y que, aunque puede ser destruido fácilmente por la ignorancia y el descuido, morirá entre agonías y seguirá muriendo una vez muerto.

Leopoldo conocía la llaga del deseo. Lo recuerda al escribirle a Mercedes Blanco, su musa, su Beatriz. En carta rumbo a París le exigía -porque en el amor hasta la súplica tiene carácter de mandato-: "Escríbeme como si te escribieras a ti misma; escribe para negar el miedo".

A pesar de su incapacidad para las tareas domésticas en su juventud, el poeta ayudaba en los quehaceres de la casa de Ibiza 35 cuando Mercedes, su primer amor, se encontraba ahí. La malaria amorosa lo hacía renunciar a sus labores literarias para atender a su novia.

La había conocido en 1975 y la semejanza entre su apellido y el de la madre del poeta no deja de causar cierto escozor por el rumor de incesto en la historia familiar: Mercedes *Blanco*: Felicidad *Blanc*. Cuatro años antes del encuentro con Leopoldo, Mercedes se había mudado a París, donde se licenció en Matemáticas y además hizo estudios de Filología Hispánica con un proyecto de doctorado en poesía europea del siglo XVII. Previamente había estudiado en Sevilla, en el Liceo Francés de Madrid y Roma.

Mujer cosmopolita, para Leopoldo encarnó su máximo amoroso. La visitaba en la capital francesa, en ocasiones alcoholizado o bajo la influencia de alucinógenos. Otras veces en compañía de alguna amante de ocasión. Luego de que Panero le inundara el departamento y posteriormente la acusara de haber provocado el suicidio de una amiga en común se terminó el idilio. Eros y Misos como complementos de la misma desgracia.

En *Narciso en el acorde último de las flautas* Leopoldo presentó el poema "Shekina", dedicado a su amada, en el que expresaba el sentimiento de orfandad ante el abandono del amor:

Y heme aquí que ya he muerto, ya he gozado,
merced es,
de tu caridad, en verdad la única y suprema, porque
en este mundo sin ojos debe ser cierto que sólo la
muerte nos ve...

María Panero cayó en la trampa del deseo. Por los pliegues de
la noche madrileña iba el poeta hurgando entre los restos del amor
perdido. En los setenta trataba de ligar a las chicas sin importar
que estuvieran acompañadas del novio o, en el mejor de los casos,
el coqueteo iba para ambos, hasta que un acompañante alterado le
rompió a golpes el alma y los pocos dientes aún en su boca -los
había perdido por la mala alimentación y los excesos de drogas y
alcohol-. Como resabio de la paliza, le germinó la idea de que la CIA
y el gobierno de Adolfo Suárez, quien había asumido la presidencia
de España en 1976, pretendían atentar en contra de su vida. Incluso
Leopoldo terminó su relación con Alicia Ruiz Tormo, otra de sus
novias, acusándola de estar involucrada en el complot para matarlo.

Durante sus peregrinaciones nocturnas encontró a Marava
Domínguez Tovar, con quien compartió la madrugada, el alcohol
y la esquizofrenia. Junto a su nueva acompañante viajó por
Madrid, Barcelona y París, ciudad en la que trató nuevamente de
reconquistar a Mercedes. A Marava le dedicó un texto de *Poemas
del Manicomio de Mondragón*:

Brindemos con champagne sobre la nada
salto del saltimbanqui en el acero escrito [...]
adonde ellos la vuelven y que a cada jugada
se tiende la Muerte ante el jugador desnuda
y enanos juegan con cabezas humanas.

También en París terminó con este idilio. Leopoldo la golpeó y la agresión desmoronó a la pareja. El hecho no fue fortuito. La violencia era una constante en la vida amorosa del poeta. Para entonces ya había sido internado en varios manicomios y su nombre empezaba a sonar en los círculos literarios de España

A Irene Marina Ortuño, poeta y toxicómana, la conoció en el Hospital de Santa Teresa de Leganés. La conquistó ofreciéndole amor y excesos. Una combinación tan seductora como peligrosa. Igualmente arremetió en su contra y, tras la pelea, la mujer habló por teléfono con su amigo pintor Ricardo Cristóbal, como lo narra J. Benito Fernández en *El contorno del abismo*:

> -Ay, Ricardo, qué paliza me ha dado Leopoldo.
> -Pero mujer, cómo te dejas.
> -No, no, si no me he dejado. Menudas patadas en los huevos le he dado...

El artista pidió hablar con María Panero, quien corroboró: "Joder, qué palizón le he metido, tío".

Años después y ya sin el poeta como copiloto de andanzas, Irene Marina se lanzó del tercer piso de un edificio en Madrid, a causa de un amor no correspondido. Pasó un mes en coma y con dos ataques de meningitis, sufrió hemiplejia.

A Marava Domínguez, Leopoldo la topó ya en los ochenta pero embarazada. Pese a la incongruencia, El Demiurgo aseguró ser el padre del bebé. En el libro *El último hombre* recuerda el encuentro:

Un mujer se acercó a mí y en sus ojos
vi todos mis amores derruidos...

No hubo consecuencias para ninguno de los involucrados. Dejaron de verse tan fortuitamente como se habían encontrado. De Mercedes Blanco, actual catedrática de la Universidad de La Sorbona en París, el poeta continuó escribiendo aún en los noventa:

La verdad es que no me gusta que la gente me entienda. Yo prefiero la oscuridad. Sí me gustaría que me entendiera una mujer en concreto, Mercedes Blanco, de quien estuve enamorado hace mucho tiempo en París, y que cuando me dejó empecé con todo este rollo de la muerte y el alcohol.

También de Mercedes, "Meche", le queda el recuerdo de sus primeros versos de amor donde ya se lee la destrucción como vía para saciar los deseos: "No soy hombre, soy dinamita y tú eres la mechita". Como siempre, Eros y Misos en la comunión amorosa.

• • •

EL CARRO

La verdad es triste y cruel
La verdad es sórdida y oscura
Como la palabra veda
Como el sueño de haber existido...

Más allá de su carácter adivinatorio el Tarot es una fuente de conocimiento del Yo. Así lo sugieren los estudios de Jung en el campo de la psicología analítica. En el intento por ampliar las posibilidades y el estudio de la percepción humana, el psicólogo suizo se basó en la antropología y la filosofía, pero también en la alquimia, los sueños, el arte, la mitología y la religión. Estos últimos, discursos fuera de la racionalidad, le ofrecieron los elementos necesarios para establecer determinados patrones en los que se basa el comportamiento humano, a los que llamó "arquetipos".

Los arquetipos modelan la manera en que la conciencia humana experimenta el mundo a su alrededor, al igual que la forma en que se percibe a sí misma. Los arquetipos conllevan implícitas las respuestas ofrecidas por el ser humano en determinados momentos, es decir, todos los hombres actúan arquetípicamente. Es imposible responder de diferente manera ante los mismos hechos porque la sombra de los arquetipos afecta nuestras reacciones. A tal fenómeno Jung lo definió como "conciencia colectiva".

El Tarot, aseguraba el psicólogo, era un medio para conocer el Yo, debido a que en los 22 arcanos mayores se presentan los arquetipos que rigen los actuares de los hombres. Para Jung, el desconocimiento del origen del Tarot tan sólo reafirma su arraigo en la "conciencia colectiva", porque sus figuras están en lo más profundo de la mente humana, por debajo de diferencias culturales o cronológicas.

Las cartas nacieron junto a la humanidad cuando ésta empezó a reconocerse racionalmente como tal. Sus imágenes son emblemas de los sueños de los primeros hombres, están dotadas de significados ocultos y hermanan a todos y a cada uno de los miembros de la sociedad. Por sus características, no desnudas de misticismo, el Tarot puede tomarse como una herramienta de la psicología analítica. El mazo sirve para llevar a cabo un psicoanálisis. Cada arcano representa un arquetipo dotado de simbolismo que ofrece conocimiento sobre el sujeto psicoanalizado, a quien Jung definió como "El Héroe".

Las cartas hablan, develan los problemas y circunstancias que padece quien ha recurrido a ellas. Le brindan la oportunidad de mirar su vida en perspectiva y le muestran caminos para resolver algún inconveniente que le perturba. Sin embargo, no resuelven nada, sólo son un instrumento psicoanalítico. El paciente es quien analiza el mensaje y decide qué medidas tomar frente a sus problemas.

A la par, los arcanos son un camino por donde el sujeto psicoanalizado avanza en su búsqueda de la autorrealización: el momento cuando el consciente y el inconsciente, dependiente uno del otro, encuentran un estado de bienestar. Según su disposición en el Tarot, las cartas son los peldaños para la autorrealización del "Héroe", cuyo viaje inicia con El Loco y termina con El Mundo. Trayecto durante el cual conocerá, a través de las revelaciones brindadas por los arquetipos, rasgos de su inconsciente, y también sufrirá penalidades, pero de la misma forma gozará dichas, dependiendo de las atribuciones del arcano por el que atraviese en su periplo hacia el autoconocimiento.

Al Tarot se le han atribuido particularidades mágicas al ser considerado el libro de Hermes. Leopoldo, apasionado desde muy joven al ocultismo, conoció este matiz esotérico de los arcanos. Asimismo, fue gran lector de los estudios sobre el tema realizados por Jung.

En 1997 se dio a la tarea de ofrecer su propia visión al respecto y presentó *El Tarot del Inconsciente Anónimo*. Publicado por Valdemar, el "poemario" es una bellísima pieza de arte-objeto que se presenta con una cubierta de cartón sellada, protección para el propio libro y las cartas del Tarot que le acompañan, cuyos arcanos, basados en los de Marsella, fueron exquisitamente realizados por el artista Javier Herrero.

Fiel a su escritura, el poeta va llenando el texto introductorio de citas en las que se presentan por igual Lacan, Freud o Jung, que Nietzsche, Platón o Yeats, así como autores chinos, árabes o ingleses:

El origen de la Tarot es tan turbio como la construcción de las pirámides, cuyo secreto hay que buscarlo más que en los esclavos en el látigo, como nos hiciera creer Cebil B. de Mille [...], en una humanidad que no fue tan primitiva, como pone de manifiesto Erich von Daniken en su libro Regreso a las estrellas, y como lo prueba también que las culturas egipcia o china sean más sabias que la cultura occidental, por ser anteriores a ésta, y conozcan más sobre la estructura de la materia y sobre el universo, que es un universo totémico -y no un universo abstracto-, un universo subjetivo. Eso explica que el animismo primitivo sepa más de la esencia que Platón, si bien en defensa de este último hay que afirmar que para él la llave del conocimiento son ideas olvidadas; ideas que para Jung son los arquetipos y para Freud la animalidad de lo inconsciente, en la que se funda para éste el origen científico de los arquetipos jungianos, esto es, la nada probable transmisión genética de los arquetipos.

En *El Tarot del Inconsciente Anónimo*, y proyectando la fusión entre la literatura, el arte, la psicología y el esoterismo, Leopoldo expone, para cada arcano, un poema, la imagen de la carta, su "desarrollo" -según la interpretación psicoanalítica del poeta- y finalmente el sentido adivinatorio de ésta. En el texto a la carta VII, El Carro, menciona:

Hoy mi cuerpo es un caballo
alado que reza al diablo.
Sólo mi cuerpo conoce
la llave de eso, mi hado.

Los comentarios y textos de los arcanos están preñados de muerte, desolación, ironía y referencias a múltiples filosofías y culturas. Todo ello con un sesgo de luminosidad, de esperanza tal vez, demasiado sutil pero no por ello menos presente.

María Panero se reflejaba en las cartas. La relación que estableció entre imagen, poesía, psicología y magia ofrecieron nuevos visos de su cartografía artística. Ninguno de estos aspectos le fue ajeno y construyó su obra a partir de las directrices de cada uno de ellos. Es así que su propia vida puede rastrearse en los arcanos. Era El Héroe en el camino, si no de la autorrealización, quizá sí del encuentro con la poesía, la palabra y, sus alter egos, el silencio y la nada.

El madrileño ofrecía la posibilidad de acompañarlo en el trayecto. El presente libro (*Las máscaras del Tarot*) es El Carro de regreso a casa, a la literatura, al rincón idóneo para escuchar y seguir los pasos del poeta en su búsqueda de la palabra. El viaje propuesto en estas páginas inició con la carta cero, El Loco, le siguieron El Mago, La Sacerdotisa, La Emperatriz, El Emperador, El Papa, Los Enamorados, ahora El Carro y continuará con La Justicia y así sucesivamente hasta llegar a El Mundo.

Bajo la manta del escepticismo me atraía más la poesía que cualquier otro elemento del Tarot de Leopoldo. Así se lo hice saber durante una tarde en el manicomio. Me respondió algo incomprensible. Luego tomó las cartas para leer los poemas de las que iba seleccionando. Escucharlo recitar era como oír un rosario venido de otra parte, del rincón más íntimo y lóbrego del hombre. Arrastraba las palabras y leía rápido. Duro.

Yo deseaba que su voz, agresiva de tan triste, frágil de tan vieja, dulce de tan oscura, se encontrara acompañada por algún lamento musical de Shumann. Y detrás de los párpados, porque era necesario cerrar los ojos para eternizar el momento, fui comprendiendo que había una verdad apuntalada en las palabras del poeta, como lo escribió en Prueba de vida, *autobiografía de la muerte*:

Y si hay un monstruo en mí, este monstruo se llama Leopoldo María Panero, y tiene voz, y habla de los espíritus de la calle, que no saben a alcohol o tabaco: "las ciudades convertidas en vastas plantaciones de tabaco, porque sólo la mentira es verdad: y es verdad que yo no miento".

El Héroe, el poeta, Leopoldo, hablaba a cada carta tirada. Me despedí y salí del psiquiátrico. De regreso al hostal, empecé a jugar con el mazo por mera curiosidad. A pesar de mis intentos por hacer trampa, la figura recurrente era El Emperador. No dejaba de aparecer una y otra vez. Percibí entonces a los arcanos tan misteriosos como la propia vida. Y como en la propia vida nunca he olvidado la advertencia de Panero respecto al Tarot: "Ten cuidado al mover estas cartas porque podrías destruir el universo".

· · ·

LA JUSTICIA

La injusticia mayor es estar loco...

El 11 de diciembre de 1968 Leopoldo conoció las entrañas de la prisión. Junto a Eduardo Ibars -otro escritor de la logia de la oscuridad, transgresor iracundo, adicto a la autodestrucción, crisol de la desgracia-, el poeta fue traslado a la cárcel de Carabanchel para posteriormente ser reubicado en el penal de Zaragoza. Habían sido detenidos en portación de dos porros y acusados de violar la Ley de Vagos y Maleantes. "Recuerdo que solía entonces comentar con Eduardo: maleantes sí, pero ¿vagos? Si hemos convertido el arte de vivir en un trabajo".

Con el castigo María Panero padeció la lobreguez de la reclusión. Años más tarde, en *Tensó*, escribía al respecto:

> Estas paredes infranqueables nos separan sin otras
> [opciones,
> observo tus gestos desde el otro lado del muro y con mi
> crueldad infame espero tu última actuación:
> [la caída...

Como lo que se lee, durante su estancia en la cárcel empezó a relacionarse con sus "otros". En los rincones del aislamiento encontró el placer de la homosexualidad y se dejó seducir por la relación con Eduardo, nacida entre las paredes de la penitenciaría. A su madre le describió, mediante correspondencia, su nueva experiencia amorosa. Aseguraba haber encontrado un estado propicio de estabilidad emocional que menguaba sus problemas psicológicos. Felicidad Blanc no sólo aprobó el hallazgo sino que además presumió ante sus conocidos la homosexualidad de su hijo, al observar en esta tendencia una maduración del poeta.

Al igual que Cervantes, Sade o José Revueltas, María Panero escudriñó la palabra por los pasillos del encierro. Escribía poesía, leía intensamente -a su madre le solicitaba diversos libros que le eran llevados el día de visita- y corregía hasta el cansancio su primer libro que empezaba a prefigurarse en el horizonte: "Si es cierto que se va a publicar en Sinera *Carnaby Street* me interesa cambiar antes la dedicatoria ('a los Rolling Stones, etcétera') por 'A el Gato, que es ahora mi burbuja', y la cita de E. Dickinson por otra de Trakl'".

Tras cuatro meses y siete días en el penal logró su liberación el 9 de abril de 1969. De su internamiento le quedó marcada el alma en tres aspectos fundamentales: palabra, drogas -durante sus estancia en el penal experimentó con disolventes- y libertad sexual. Esta triada lo acompañó en su cruzada hacia la ruina.

El 16 de agosto de 1998 falleció Eduardo Ibars, con lo que cumplió su profecía de morir a los 40 años de edad. Leopoldo escribió un texto, a manera de epitafio, para su amigo:

Puedo, después de una epopeya en que naufragó el mundo, hablar por fin de un escritor. Un escritor, que no necesito decirlo, no fue el único, pero sí el más valedero de los que me admiraron.

Y de un escritor que, pese a nuestra común obsesión por el malditismo, fue mi gran amor, es más, aquel con quien descubrí el gozo de la homosexualidad y que fue conmigo cogido de la mano todo el camino de la cárcel de Carabanchel al penal de Zamora.

Entonces no había moral, ni blasfemias sin sacrilegios, ni diecisiete mil muertes del Conde de Villamedina, y a Eduardo y a mí, por tanto, nos unía nuestra obsesión o afición, si se quiere por otro tipo de muerte mallarmeana, simbólica y, si no, suicida. A él me unía también esa pasión por el mal -por el mal propio-, no sólo el de los demás, que nos llevó a la heroína y a otro tipo de muerte que sospecho que -de verdad- no le apasionaba ni a él ni a nadie.

La "pasión al mal" de la que hablaba el poeta lo condujo a racionalizar sobre el encierro. Percibía al mundo como una gran cárcel cuya característica principal es la asfixia del hombre por parte de las instituciones. Desde las universidades hasta los hospitales se va padeciendo la reclusión encaminada a impedir la libertad individual.

Experto en encierros, tras la vida en diversos manicomios, Leopoldo pugnó por su independencia aunque en tales circunstancias le era complicado alcanzarla. Se quejaba de los locos. Según El Demiurgo, no podía hablar con nadie en los hospitales psiquiátricos. Desde su perspectiva, los médicos no cesaban de agredirlo para sembrarle miedo a través de lo que clasificó como "la terapia del shock". Aseguraba que su circunstancia era una injusticia. Se veía a sí mismo como chivo expiatorio:

Por tapar algo tan obvio como mi tumba, se ha enredado el país en un proceso tan inefable como fue en Francia el de Dreyffus. Lo que antes fuera un cómodo asilo psiquiátrico en donde la única prohibición era la de beber, se ha convertido ahora en una prisión donde la sola idea de ir a juicio tiene como respuesta el pavor.

A pesar de que en los últimos años de su vida Leopoldo gozó de un régimen hospitalario que le permitía salir durante el día a las calles y restaurantes de Las Palmas, el aislamiento no dejaba de calarle. A sus visitantes siempre les pedía que lo llamaran por teléfono. Por medio de la conversación podía abrir las ventanas del pensamiento, imaginar lo que sucedía al otro lado de la línea, huir de la celda y dormir en paz.

En la primera edición del poemario *Locos*, de 1992, señala:

> Restos de comida dibujan la silueta
> del manicomio
> y he aquí que sale un hombre
> a recoger las heces.
> He aquí los hombres que masticó la vida.
> La muerte, la única que nos mastica.

El encierro le lastimaba pero paradójicamente la misma exclusión nutrió su creatividad. Su mente se negaba a permanecer en ese sitio que le parecía aberrante. Uno de sus caminos para soportar la asfixia era el arte. La escritura le concedió una terapia de huida. Cada verso sobre la página fue un mundo andado para Leopoldo.

Pese a los años de aislamiento, varios artistas, así como los músicos y escritores Enrique Bunbury, Bruno Galindo y Carlos Ann lo consideraban el paradigma del hombre que vivió en plena libertad. A propuesta de Ann, los tres mencionados, junto al director de películas pornográficas José María Ponce, musicalizaron diversos poemas de Leopoldo en un disco de 2004 titulado *Panero*.

La edición incluye el documental Un día con Panero que nos muestra al poeta ya declamando, ya disertando sobre la locura y la poesía junto a los involucrados en el proyecto, quienes lo sacaron del psiquiátrico para filmar la cinta. Al final, lo regresan a su Torre. La cámara lo filma despidiéndose, cruza la reja del manicomio:

-Hasta otro golpe de Estado -dice.
-Hasta otro golpe de Estado -le contestan con la misma frase.

Entre las sombras la figura del poeta se pierde. Silencio. De pronto Leopoldo emerge de la oscuridad, regresa a la verja, mira a sus interlocutores y tras de los barrotes advierte:

-Sois vosotros quienes están en la cárcel... no yo.

• • •

EL ERMITAÑO

*He vivido entre los arrabales, pareciendo
un mono, he vivido en la alcantarilla
transportando las heces...*

Cara contraria de El Papa, en El Ermitaño se funden los simbolismos de la sabiduría no institucionalizada, la introspección y la vejez como fuentes de conocimiento. Al igual que El Loco, El Ermitaño es también un caminante, viaja por el mundo y conoce, medita, se apropia del saber a partir de la experiencia acumulada al paso de los años.

Si en el manicomio Leopoldo encontró un espacio propicio para alejarse del mundo y escribir, en sus propias correrías se hizo de otros lugares que de la misma manera le brindaron refugio. En esas zonas de aislamiento el poeta-ermitaño fue elaborando el discurso de su obra.

En alguno de sus viajes a París, en la búsqueda por reconquistar a Mercedes Blanco, concibió a los basureros como un nuevo rincón de dicha y recogimiento. Comía desperdicios, vestía lo que encontraba, sobrevivía de la inmundicia. El poeta trató de convencerse de que ahí podía ser feliz. En aquel sitio, como buen ermitaño empezó a escudriñar una línea de acción cobijada en los parámetros del "esquizoanálisis" que J. Benito Fernández describe de esta manera:

Después de ducharse recogía en pequeños frascos dosis de agua donde quedaba impregnada la electricidad corporal y la electricidad estática. Era su teoría sobre el esquizoanálisis. Se trataba de contagiar a quienes a sus ojos merecieran la pena de ser salvados -o condenados- mediante un discreto e inadvertido chorrito de agua.

Entre los personajes que recibieron el agua de Leopoldo se encuentra Jacques Chirac. Durante un paseo por las calles parisinas el poeta se topó con la comitiva electoral del entonces alcalde de la ciudad, y a la postre presidente de Francia, a quien saludó con la mano derecha previamente humedecida con su elixir. Luego del suceso María Panero presumía los cambios futuros en el país a consecuencia de que Chirac había sido beneficiado con el líquido.

Leopoldo era un sabio viejo, un ermitaño, por lo que un vasto conocimiento se hace presente a lo largo de su literatura. Leer su poesía implica enfrentar una escritura pluricultural, debido a las referencias literarias, musicales y artísticas en general que se fusionan y que al mismo tiempo logran relacionarse, sin distinción alguna, con alusiones históricas y de los medios de comunicación.

Cada uno de sus libros presenta un ir y venir de datos que inevitablemente avasallan al lector si éste no se encuentra familiarizado con ellos. La temática de los poemas, los escritos a los que hacen referencia y su forma de presentación, lejos de ofrecer un orden lógico, exponen una propuesta que he definido como "estética del caos", en la que se unen obras que culturalmente aparecen lejanas e incluso opuestas.

Desde *Así se fundó Carnaby Street* el poeta ya ensayaba esta manera de escribir. El poemario abre con una cita de Trakl:

Schaukelt auf schwarsem Gondelshiffen
durch die verfallene Stadt
(Balancea en góndola negra
por la derruida ciudad)

A ésta le sigue la melodía juvenil del dúo Johnny and Charley conocida como la Yenka, la cual da contestación al verso del poeta alemán:

Y no hace falta
comprender la música
izquierda, derecha,
adelante, detrás,
un, dos, tres

Esta asociación de las citas gesta un diálogo impar. La música pop refuta o da continuidad a la poesía oscura de Trakl, anunciando la propuesta de toda la obra de María Panero: la unión de discursos disímiles en tanto se hallan en diferentes esferas artísticas o culturales.

Siguiendo a Miajil Bajtín, el término "discurso" define una manera particular de ver y situarse en el mundo. Los discursos son zonas ideológicas que revelan, mediante el lenguaje, su perspectiva sobre el universo cultural que los rodean. Cada ámbito de la sociedad germina un discurso propio, lo que da como resultado la denominación de "géneros discursivos". La literatura encierra una gran variedad de géneros discursivos que en la poesía de Leopoldo encuentran un espacio generoso para fusionarse. El Ermitaño abrió de esta manera sus versos a la vida cotidiana.

Sobre todo en sus primeras excursiones literarias se encuentran presentes géneros discursivos que poco o nada tienen que ver con la literatura y que provienen de los discursos culturales que moldearon el lenguaje del madrileño. Personajes de historietas como Flash Gordon, Súperman, Mandrake y Batman; de dibujos animados como Speedy González y de películas como Kin Kong, Bonnie and Clyde y los llamados Western se mencionan junto a héroes históricos de la altura de Zapata, Segismundo Malatesta, Napoleón y el Che Guevara, que a su vez se entrecruzan con personajes como Caryl Chessman, Sacco y Vanzetti e Ian Brady:

King-Kong asesinado. Como Zapata. ¿Por qué no, Maiacovski? O incluso Pavese. La maldición. La noche de la tormenta. Dies irae. La mentira de Goethe antes de morir. Las treinta monedas. La sombra del patíbulo. Marina Cvetaeva, tu epitafio serán las inmensas praderas cubiertas de nieve.

Todo lo cual sin dejar de lado las menciones a las revistas del corazón, así como a la pintura, con los nombres de Goya y Antonello de Messina, en mezcolanza con las alusiones al rock que se observan ya desde la dedicatoria que quedó en *Así se fundó Carnaby Street*: "A los Rolling Stones", al igual que la mención de Cliff Richard y la referencia a Pink Floyd en el libro. Ésta última ligada en el mismo poema al "Danubio Azul" de Strauss y al compositor Alban Berg, con lo que se vuelven a mezclar dos géneros discursivos, ahora musicales -rock y música de concierto-, que responden a sensibilidades diferentes.

El cine, los cómics, la pintura, los apuntes históricos, los dibujos animados y la música de concierto, pop y rock irrumpen a cada momento en la lectura y se insertan en el plano poético provocando un nuevo código que regenera los cánones del género.

La variedad de discursos oxigena la poesía de Panero. Al insertar los matices de su mundo cultural, Leopoldo intentaba dar vida a una voz que alimentara con nuevos bríos los textos, sin importar que para lograrlo este alud de lenguajes trasgrediera a la propia poesía y se alejara de ésta hasta el extremo de no reconocerse en ella. Así sucede en "Blanco y Negro", un poema escrito a partir de encabezados de revistas de sociales:

LA REINA FABIOLA TIENE DE NUEVO ESPERANZAS. CRISTINA DE HOLANDA Y SU BÚSQUEDA DE LA FELICIDAD.[2]

La regeneración de la poesía mediante la mezcolanza de géneros discursivos se vuelve una constante en gran número de sus versos. No existe ningún indicio que marque el alejamiento de unos con otros. Todo puede ser poesía, nos sugiere Panero.

La comunión de discursos opuestos puede catalogarse, en un principio, como un caos lingüístico, debido a que su alejamiento impide la gestación de un diálogo uniforme: frente a las referencias poéticas se sitúa la música pop, por dar sólo un ejemplo. Sin embargo, analizada desde una perspectiva más amplia, esta relación de discursos "impares" provoca que se perciba la obra como un territorio privilegiado para el diálogo entre distintas voces.

---

2 Las mayúsculas son del original.

Con su estética del caos, Leopoldo generó un desorden que terminaría por afectar la manera en que el lector se acerca a la obra. Su poesía es un Aleph lingüístico que brinda la posibilidad de escuchar los múltiples discursos que, como sucede en la vida diaria, se encuentran en constante interacción. Voces que el viejo Ermitaño supo absorber y luego convertir en arte.

• • •

LA RUEDA DE LA FORTUNA

Y verás que nada es el hombre,
que nada es Dios, que como la nada
soy perfecto, y me escondo
en la perfecta simetría de la muerte...

Entre los caprichos de la fortuna debe buscarse la causa por la cual Leopoldo no encontró la muerte sino hasta luego de 65 años, a pesar de vivir y padecer una existencia al límite del acantilado. Por los años setenta, cuando el poeta era un fantasma errabundo atizando la herida nocturna de Madrid, ninguno de sus contertulios hubiera pensado en asociar la longevidad con aquel hombre, dueño de un corazón de niebla e impulsado por las drogas y el alcohol. Algún compañero de promoción pudo advertir el desenlace. Predijo que María Panero los enterraría a todos ellos. Casi lo logra.

Posiblemente la fortuna para escapar a la muerte se deba a que el poeta supo ocultarse tras de sus propias palabras. "Yo me destruyo para saber que soy yo y no todos ellos", escribió. Pero nunca ofreció explicación alguna respecto a ese "yo". En su caso un "yo" fragmentado, con múltiples rostros, superpuestos unos sobre otros.

En la obra de Panero la recreación de personalidades se da a partir del concepto de la máscara. Leopoldo percibía la vida como una puesta en escena cuyo carácter esencial impulsa al hombre a no mostrarse tal y como es, sino más bien por medio de caretas. Sólo puede despojarse de éstas a través de la alteración de los sentidos, como sucede con las drogas o el alcohol y, en ese estado puro, sin máscaras, se conoce la verdadera personalidad de cada individuo. En *Y la luz no es nuestra* explicó:

> La vida tiene una estructura novelística o teatral: esto es, una dialéctica por separado, que es lo que también se llama "persona", que en latín significa mascarada, y a lo que en términos psicoanalíticos se llama carácter. Que ese carácter no es más que un montaje teatral, que por lo tanto puede deshacerse, lo muestra la borrachera, que si nos hace ver como caricaturas es por ponernos en la escena borrosa de la verdad, lejos de la persona o la máscara. Ahora bien, bajo el telón, la escena continúa, poco después de arrepentirnos de la verdad, y dibuja los contornos de esa fábula a la que llamamos "vida", y a lo que también, una vez terminada la obra, llamamos destino.

De manera sutil el poeta fue dibujando diversas máscaras en su vida. Rostros sólo conocidos por él mismo. Desde *Así se fundó Carnaby Street* ya prefiguraba la disolución de su imagen. En el poema "Ann Donne: Undone", texto con la sombra de John Donne, señala:

> Tantas veces tus pasos he creído escuchar
> William Wilson, tus pasos, detrás de mí,
> a lo largo de los terminable corredores...

La referencia al personaje del cuento de Edgar Allan Poe, "William Wilson", ofrece las claves para develar el misterio de María Panero que está basado en la máxima de Rimbaud: "Je est un autre". En la narración de Poe, William Wilson se encuentra, desde el colegio, a un chico con el mismo nombre y rasgos físicos y mentales semejantes a los de él. Cansado de lidiar toda su vida con aquel "doble" decide enfrentarlo y cuando logra asesinar al "impostor" observa horrorizado, en un espejo, su propia imagen. En el cuento, el personaje agoniza al matarse por su propia mano, lo que hace juego con las palabras del poeta citadas líneas arriba: "Yo me destruyo para saber que soy yo y no todos ellos".

Leopoldo llevó la mascarada hasta sus últimas consecuencias en el poemario *Narciso en el acorde último de las flautas*, donde clamó su muerte y, por ende, el prólogo es firmado por "Johannes de Silentio", heterónimo hurtado de *Temor y temblor* de Kierkegaard. Entre más escribió, establece Túa Blesa, fueron incrementándose las máscaras con las que trataba de ocultar su propia personalidad. "Leopold Von Maskee" es un escritor y poeta citado en *Teoría*; "Leopoldo del Vouto" se presenta como el verdadero autor del prólogo, encargado a Panero, de *Matemática demente*, de Lewis Carrol; "Leopoldo d'Assenza" encarna a un crítico de arte y "Ledislaw Lubiez Wholesilenz" es una más de las caretas del poeta. De todos ellos María Panero es la única referencia, quien los cita en sus ensayos o poemas, y quien va aclarando aspectos de sus vidas y obras.

De igual manera, es posible observar la desaparición de Leopoldo a través de su poesía: "En el espejo no está mi rostro", escribió en *Teoría*. A su vez en el libro *Piedra negra o del temblar* se lee:

> Hay restos de mi figura y ladra un perro.
> Me estremece el espejo: la persona, la máscara
> es ya máscara de nada...

Mientras que en *Last river together* aseguró:

> Me digo que soy Pessoa, como Pessoa era
> Álvaro de Campos...

Las máscaras de Leopoldo fueron un artificio para ocultar el rostro y, al mismo tiempo, las utilizaba para atacar la figura del "autor", sello de garantía que en la literatura actual se percibe, en ocasiones, más importante que la propia obra. Con este mecanismo mercadológico, expresa Jenaro Talens, "se sigue superponiendo la idea del 'poeta' a la de 'discurso poético', desplazando el centro del interés desde la escritura hacia el nombre (la firma)". El texto deja así de valer por sus propias cualidades y empieza a destacarse solamente por el hecho de que ha sido creado por un dios conocido como "escritor", cuya genialidad, inocentemente se cree, nos brinda palabras pronunciadas de una manera única e irrepetible.

La adoración a lo que se podría denominar la "dictadura del yo", y que Michel Foucault definiera como "la monarquía del autor", genera serias irregularidades al analizar los aspectos sobresalientes de los escritos, pues se corre el riesgo de que los libros sean reconocidos simplemente por los datos biográficos de sus creadores, y en este caso vale recordar lo advertido por Macedonio Fernández: "El suicidio ha hecho escritor glorioso a algún mediocre".

Contra lo que denominó como "la siniestra política de autores", que se nutre de premios y récords en la venta de libros, Leopoldo arremetió:

La crítica literaria y artística han hecho de la escritura y del arte un inmenso Funeral: donde, como las ratas en un poema mío, los críticos muerden el pie rosado del artista, murmurando mientras: tú eres Tú: sólo por eso puedo adorarte, tu fotografía, en la contraportada, me tranquiliza [...]: por ella sé que Kafka [...] era sólo Kafka, y si puedo amar a Artaud [...] lo lograré si me dan su foto, el nombre y la fecha de Muerte.

Para dotar de coherencia a estos planteamientos El Demiurgo diluyó su figura. Si en el prólogo de *Teoría* había desaparecido su nombre, será en *Tres historias de la vida real* donde se da explícitamente su fallecimiento. Como en el cuento de Poe, él mismo lleva a cabo el asesinato. Compuesto por tan sólo tres textos, cuyos títulos son "La llegada del impostor fingiéndose Leopoldo María Panero", "El hombre que se creía Leopoldo María Panero" y "El hombre que mató a Leopoldo María Panero", en el libro se apunta:

> Mi querido amigo Javier Barquín siempre creerá que fue él quien mató a Leopoldo María Panero. Pero no es cierto. Nadie tenía entonces valor para hacerlo. El sujeto tenía aterrorizada a toda la ciudad. Había raptado a varias mujeres y amenazaba con torturarlas. Así que esa tarde me decidí, fui a la armería de Jim y compré un revólver calibre 45. En el momento en que Leopoldo María Panero estaba intentando extorsionar una vez más a Javier Barquín, yo disparé desde lejos. Como Javier había sacado también una pequeña pistola, supuso haber sido él quien hiciera justicia. Toda su vida creerá que fue él quien mató a Leopoldo María Panero. Pero no fue así. Yo soy el hombre que mató a Leopoldo María Panero.

Cuando se presume como el homicida, el yo poético no sólo está matando a un autor en particular, sino a ese precepto instaurado en la cima de la cultura literaria. Es así que Panero prefirió diluir la ficción de la autoría antes que caer en la adoración falaz de nombres que, más que autores, funcionan como marcas en la lógica del libre mercado. El anonimato le sirvió para escapar de la lógica mercantil del arte, y asimismo le permitió librarse de la muerte. La Fortuna, en ocasiones, juega a ganar.

• • •

LA FUERZA

Detrás de la trágica pantomima del suicidio,
que es lo que en pocas palabras formula la
heroína, aparece algo mucho menos
respetable que se llama todavía proyecto hombre...

Si ha existido alguna fortaleza para Leopoldo durante su vida, ésta se encuentra en las drogas, el alcohol y el tabaco. Marihuana, LSD, ácido chin chin, opio y demás sustancias prohibidas fueron experimentadas por el poeta tanto en Madrid, como en Barcelona, Tánger, París u otra ciudad a donde viajara durante su juventud.

En 1969, luego de haber ingerido un sinnúmero de drogas, trató de escapar de la clínica Ciudad Sanitaria Provincial Francisco Franco de la capital española, a la que había ingresado con el diagnóstico de "toxicomanía pertinaz". Ató sábanas y quiso descender por la ventana. A pesar de su delgadez -pasaba días enteros consumiendo estupefacientes y alcohol-, la tela no resistió y el poeta se fue de bruces contra al suelo. El episodio le valió que se le rompiera el tabique, lo que abonó a su aspecto la prominente nariz que acentuaba su figura de "poeta maldito", como lo refirió J. Benito Fernández.

Probó disolventes cuando estuvo preso en el Penal de Zaragoza, donde a su grupo de esbirros se le conocía como "la banda del trapito". Era común verlos por el patio de la cárcel con un pedazo de tela -humedecida con tíner- pegada a boca y nariz. A los celadores, los miembros del clan les aseguraban estar enfermos, por lo que controlaban el flujo nasal con aquella tela. De manera paralela y conociendo la ansiedad que se padece cuando es urgente saciar cualquier adicción, en alguno de sus ingresos al psiquiátrico Leopoldo intercambió, con los otros enfermos, tabaco por felaciones.

Su obra no podía estar alejada del mundo de las drogas y el alcohol. En 2009 presentó *Tragos*, conformado por poemas en prosa donde vierte sus experiencias como dipsómano en un manicomio. Sus reflexiones son verdaderamente fascinantes: "Hay una biblioteca entera esculpida en los letreros de las botellas".

Con las adicciones de trasfondo, empezaron sus primeros versos, como lo demuestran sus declaraciones: "La poesía surrealista es muy fácil de hacer, sin necesidad de alcohol, pero irreflexivamente, como hace Gimferrer o gente así, o con drogas, como lo estaba haciendo yo. Al fin y al cabo, mi libro *Así se fundó Carnaby Street* corresponde a este tipo de línea".

Uno de los referentes más importantes en este poemario y el cual seguirá en toda la obra de María Panero es Thomas de Quincey, quien expuso sin cortapisas sus filiaciones a los alucinógenos en *Confesiones de un inglés comedor de opio*, libro radical en el que da cuenta de las penurias y gozos que experimentó durante toda una vida de adicción al somnífero. Reflejo literario adoptado por Leopoldo, en varios de sus poemas va tejiendo una correspondencia con la obra del inglés.

La cita que abre su poética en la antología *Nueve novísimos poetas españoles* pertenece precisamente a De Quincey:

El siguiente personaje que sale a escena soy yo: dibuja ahora el escorzo de un comedor de opio con su pequeño "recipiente de oro de maléfica droga" posado sobre una mesa cercana. En él puedes poner un cuarto de láudano color rubí. Todo esto junto a un texto de metafísica alemana justo al lado: mi cercana presencia estará así suficientemente demostrada.

A manera de texto de apertura, en el libro de sugerente título *Heroína y otros poemas*, María Panero vuelve a Thomas de Quincey para mencionar:

> Tengo mi pipa de opio al lado
> de un libro de metafísica alemana.

La evidente similitud entre la cita en *Nueve novísimos* y el pequeño escrito anterior, con una diferencia, entre uno y otro, de 18 años, sólo refuerza la inclinación de Leopoldo por la obra del británico. Los argumentos acerca de las drogas resonaban ya desde *Así se fundó Carnaby Street* en "Un ángel pasó por Brooklin":

> UN ÁNGEL PASÓ POR BROOKLIN
> A los dos días fue detenido, y llevado a disposición del juez
> Se trataba de un traficante de marihuana.

El poema es una respuesta a lo que se argumenta en *Confesiones...*, pues este libro se constituía como "la doctrina de la verdadera iglesia sobre el opio, de esta iglesia me considero a mí mismo el papa", según el propio Thomas de Quincey. Y si el inglés se proclamó Papa de esta nueva fe, Leopoldo no puede hacer menos y se unge como un ángel que pasea por Brooklyn, escalando un peldaño más en la doctrina de las drogas.

La misma filiación a los estimulantes puede leerse en el ya mencionado Heroína y otros poemas, donde María Panero ofrece el ensayo "Acerca del proyecto hombre" en el que aborda la represión oficial. El Estado, señala, es una maquinaría que pretende erradicar cualquier rasgo de rebeldía. El poeta define a esta tortura como "el suplicio de los pantalones". Se trata de un proceso por el que los gobiernos reprimen a todos aquellos que vistan con pantalones de mezclilla, usen argollas o luzcan el cabello largo. Como ejemplo expone las medidas de las dictaduras latinoamericanas, en especial la argentina, durante los años sesenta y setenta.

Al prohibir ciertas pautas en el vestir, lo que pretende el Sistema es acabar con las conductas que no calzan con lo políticamente correcto y que buscan liberarse de las cadenas oficiales del mercado, de las normas sociales y de la opresión de las diversas instituciones -médicas, educativas, religiosas- que componen el aparato oficial. Una vez acallada a la juventud, quien pugnaba por estas formas de liberación, lo que sigue es arrebatarle su agresividad natural impulsada por medio de las drogas.

El de María Panero es un argumento a favor de los estupefacientes que él equiparaba con la libertad. El libre albedrío como fin único de la vida de todo ser humano. Cada uno decide su destrucción, parece susurrarnos El Demiurgo. De esta manera lo va describiendo en la primera parte de *Heroína y otros poemas*. En quince textos, de no más de siete líneas cada uno, narra el gozo del polvo surcando por sus venas, pero también la podredumbre de la droga. Porque deleite y ruina van de la mano. Son palabras para designar un mismo acto: el derrumbe hacia la Nada.

Con una seductora fuerza los poemas acumulan diversos simbolismos que desembocan en metáforas donde la alucinación es la constante. Se mezclan seres mitológicos con matices oníricos y sexuales que hacen de los versos una bitácora sobre las experiencias de la alteración de la mente bajo los influjos de los estimulantes. Por sus palabras se escucha el dolor, el desenfaco, la desmemoria. Se escucha la melodía de la conciencia alterada por el estridentismo del ensueño:

> Un fauno y una derrota
> mujeres y algo de música
> y el sueño de algún efebo
> es en cuanto de mí sé
> y que ahora la heroína
> convierta en nada y en polvo.

En los poemas de Leopoldo resuena la ruina, no por eso menos libertaria, nacida de las drogas, como lo sostuviera Thomas de Quincey que en su libro trató de describir "los poderes del opio como medicina y veneno, como fuente de memoria y olvido, como calmante y excitante".

Los estimulantes, aseguraba María Panero, ofrecen la oportunidad de sonreír durante la debacle. Eran tal vez la única vía del poeta para transgredir la asfixia social mientras la muerte caminara entre su sangre:

> Como las alas de la nada se mueven entre el bosque
> así el viaje de mis dientes por entre los cuerpos vivos
> y como una ramera que se arrodilla en la noche
> y el rezo de aguja en la violencia del cuerpo.

"Mi intención con estas confesiones fue ensalzar el poder del opio, no sólo sobre la enfermedad física y el dolor, sino sobre el mundo más grande y tenebroso de los sueños", escribió Thomas de Quincey. María Panero se refugiaba en las *Confesiones* del inglés para encontrar un cómplice en el camino de la hermosa desgracia de los alucinógenos. Alivio, salvación social, libertad: la heroína y el opio como designaciones del mismo guiño a la gloria y a la penumbra. Y pese a la caída que le implicaban los estimulantes, para Leopoldo existían heridas más crueles que los alucinógenos, dolores nacidos del vicio más peligro del hombre: el vicio de vivir. Hasta el último día nos lo recordó: "Lo que nos pierde no son las drogas, sino la soledad".

• • •

EL COLGADO

Fuimos una fracción de segundo
en un día cualquiera de la existencia,
como un pequeño río seco,
como una vena cortada...

Como él mismo la definió, Leopoldo se ubica en "la generación del desprecio". Era muy joven cuando se unió a un grupo de poetas que le cambiaron el rostro a la poesía española contemporánea. Al igual que en el arcano de El Colgado, ligado a la juventud y representante del escándalo, la incertidumbre y la humillación pública -un momento de desconcierto ante el camino del Tarot-, María Panero experimentó el rito iniciático de la literatura a los 22 años de edad. Fue la primera vez que se enfrentó a la crítica pero estuvo rodeado de una "infame turba de nocturnas aves".

Con tan sólo alguno meses de diferencia a la publicación de *Así se fundó Carnaby Street*, apareció en España la polémica antología *Nueve novísimos poetas españoles*, de José María Castellet, bajo el sello de Barral Editores. El libro estaba integrado por Manuel Vázquez Montalbán, Antonio Martínez Sarrión, José María Álvarez, Félix de Azúa, Pere Gimferrer, Vicente Molina Foix, Guillermo Carnero, Ana María Moix y Leopoldo María Panero, en ese orden. Cada uno de los novísimos ofreció una "Poética" a manera de presentación, en la que explicaba las diversas aristas por las que fluían sus textos, sus afinidades con otras artes, gustos y disgustos ante el momento vivido, así como la descripción de sus primeros pasos frente a la hoja en blanco.

A lo largo de la justificación y el prólogo de su obra, Castellet sostenía que los jóvenes presentados ostentaban una nueva sensibilidad respecto al estilo poético dominante de ese momento que era de tipo social y testimonial, y por tanto, encarnaban el germen de una ruptura en la lírica española. Instituía tres características principales que diferenciaban a los novísimos de sus antecesores. Las dos primeras eran que:

> han nacido a partir de 1939, es decir, que nada puede despertar en ellos ningún recuerdo personal de la Guerra Civil, hecho que marcó decisivamente a las generaciones anteriores; en segundo lugar, que cronológicamente pertenecen a la generación que en todo el mundo es protagonista del fenómeno conocido por "revolución de los jóvenes".

Esta revolución se vivía en diferentes trincheras: los movimientos estudiantiles en Francia durante el verano de 1968; las reacciones de los Estados Unidos frente a la guerra de Vietnam; el activismo en las universidades españolas y latinoamericanas, con el 2 de octubre mexicano como nuestra piedra de toque más cercana.

El tercero de los sellos particulares de los novísimos, decía Castellet, era "el cambio de mentalidad producido en los últimos años, a causa de la difusión de una cultura popular históricamente definible por los [mass] media", y en ese sentido, "la actitud general de estos poetas es la de reconocer la influencia que [los medios de comunicación] ejercen sobre su propia poesía".

La antología se encontraba dividida en dos. "Los seniors", que eran los mayores de la promoción y dentro de los que se clasificó a Manuel Vázquez Montalbán, Antonio Martínez Sarrión y José María Álvarez. Y "la coqueluche" que representaba:

> una denominación cariñosa dada por alguno de sus mayores a la irrupción de un grupo de jóvenes tan irritantes como una enfermedad infantil y tan provocativos e insolentes, en poesía, como puede serlo un adolescente con ganas de divertirse a costa de un grupo de venerables ancianas.

Antes de *Nueve novísimos*, José María Castellet había publicado dos antologías que fueron muy importantes en su momento y que actualmente son un referente en la historia de la poesía ibérica del siglo XX: *Veinte años de poesía española* (1939-1959), de 1960, y *Un cuarto de siglo de poesía española*, de 1961. Al respecto, en el "Epílogo" del poemario Tensó, de María Panero, Joaquín Marco narra: "Eran tiempos de antologías polémicas que, además, se vendían y figuraban, incluso, en los catálogos de editoriales comerciales bien retribuidas. Podía vérselas, incluso, en los escaparates, en digna competencia con las novedades novelescas".

Por ello, Jenaro Talens acomete contra los novísimos, asegurando que si el nombre del antólogo y el de la casa editorial fueran otros, "posiblemente el carácter canónico que ha acompañado al libro durante todos estos años no habría existido". Igualmente influyeron en su difusión los aciertos reconocidos pero también las críticas mordaces en contra de *Nueve novísimos*. Arremetidas como "Castellet, docto ignorante del reino, confundió esta vez la coqueluche con la menstruación" y "los novísimos son los más 'coqueluches'. Y, por suerte, los menos poetas", se leyeron en distintas publicaciones de la época.

Según sus fustigadores, los mayores pecados de los antologados eran ser frívolos, sectarios, dogmáticos, snobs y neocapitalistas, y no negar sus influencias que se nutrían de la publicidad, el cine, la televisión, el rock y las historietas. El mismo Leopoldo, con la destrucción como estigma, se unió tres años después a los dinamiteros del libro. En la introducción de *Teoría*, donde realiza una especie de autobiografía, expresa: "Diríase que ese golem nació hace unos años, con motivo de una ficción más amplia aún y más burda, que llamóse 'generación', ficción esta última a la que dio pie José María Castellet con su antología de presuntos infames".

A pesar de los claroscuros que rodean a *Nueve novísimos*, es indudable su importancia en el desarrollo de la poesía española. Las jóvenes plumas que aparecieron con la venia de José María Castellet y Carlos Barral destacaron por su exotismo y su visión de decadencia, pero primordialmente por haber instaurado una nueva relación entre la literatura y los medios de comunicación masiva. Pere Gimferrer, poeta que actualmente es mencionado como candidato a recibir el Premio Nobel de Literatura y quien fuera la cabeza del grupo, explicaba en su poética esta relación que tejieron entre los mass media y la poesía: "Suelo escribir escuchando jazz, o bien la radio, y ésta indiscriminadamente, o casi. Tengo casi siempre presente alguna referencia cinematográfica, aunque luego muchas veces no llega al lector, pues su función era simplemente la de ayudarme a mí".

La poesía novísima no estaba exenta de incluir entre líneas aportes de diversas culturas como la francesa y la anglosajona, al igual que personajes políticos y de la farándula hollywoodense, con lo que los poetas no sólo acentuaban su alejamiento de la realidad que se vivía en la segunda mitad del siglo XX en España, sino que además subrayaban su inclusión en la aldea global.

Con rasgos esteticistas, los títulos de los poemas ofrecen una clara visión de los nichos culturales por donde se movían aquellos jóvenes: "El cine de los sábados", "Isaías", "Taparrabos", "Romance tecnócrata", "Homenaje a Robert Luis Stevenson", "Un hombre triste su barco: Alegre, ése fue Jim..." y "El poema del Che". Como muestra representativa de esta propuesta se encuentra "Nunca desayunaré en Tiffany...", de Manuel Vázquez Montalbán:

> Nunca desayunaré en Tiffany
> ese licor fresa en ese vaso
> Modigliani como tu garganta
> > nunca
> aunque sepa los caminos
> > llegaré
> a ese lugar del que nunca quiera
> regresar
> > una fotografía, quizá
>
> una sonrisa enorme como una ciudad
> atardecida, malva el asfalto, aire
> que viene del mar
>
> > y el barman
> nos sirve un ángel blanco, aunque
> sepa los caminos nunca encontraré
> esa barra infinita de Tiffany
> > el juke-box
> donde late el último Modugno ad

un attimo d'amore che mai più ritornerà...

y quizá todo sea mejor así, esperado

porque al llegar no puedes volver
a Ítaca, lejana y sola, ya no tan sola,
ya paisaje que habitas y usurpas
        nunca,
nunca quiero desayunar en Tiffany, nunca
quiero llegar a Ítaca aunque sepa los caminos
lejana y sola.

Julia Barella ha destacado que "la propuesta novísima regeneró el ambiente literario español, trazó caminos y posibilidades, enseñó a escribir y a leer a muchos jóvenes poetas, a enfocar el acto de creación de forma distinta". Los novísimos fueron la voz que emergía en el atardecer del franquismo y adelantándose a la muerte del Caudillo, mostraron las nuevas rutas por donde andaría gran parte de la lírica española durante las siguientes décadas. Escribieron para dar cuenta de su presente pero también mirando hacia el futuro. España cambiaba y la poesía tenía que ser renovada.

Es así que a los novísimos se les puede endosar cualquier infamia -ya lo ha dicho Michi Panero: "Somos una generación a la que todo le ha salido mal"-, pero nunca se les podrá acusar de rehuir la lucha contra el Minotauro de la crítica en el laberinto de la literatura. De osadía nutrieron sus versos. Con esa misma osadía los novísimos se ganaron un lugar privilegiado en la historia de la literatura española.

• • •

LA MUERTE

*Y la vida es sólo
una larga espera de la muerte.*

El misterio es lo que asemeja a la escritura con la muerte. Una especie de neblina subyace en las dos e impide entender de manera completa los mecanismos de la primera y los rincones más profundos de la segunda. Leopoldo teorizó esta relación: "Escribir es una partida de ajedrez contra la muerte; yo sólo pongo el tablero, pero los movimientos y las piezas le pertenecen a ella".

Este juego macabro inició para el poeta desde su nacimiento, el 16 de junio de 1948, cuando sus padres le asestaron el nombre de "Quirino", como un homenaje a su hermano muerto tres años antes y quien tan sólo había vivido 18 horas. Es así que Leopoldo María Francisco Teodoro Quirino Panero Blanc navegó desde sus primeros días bajo los designios de la desgracia. De manera paralela, el juego con la escritura también inició para el poeta en su niñez. Cuando apenas empezaba a hablar decía: "estoy inspirado", e iba vertiendo versos demasiado lóbregos para un niño de su edad. Aún con el asombro, mezclado con el miedo, su madre los apuntaba:

> Entonces dije yo, es mi padre
> dejadme y la gente pasaba
> y los borrachos pasaban
> yo me hallaba en la tumba
> echado con las piedras, yo
> decía

Sacadme de la tumba pero
allí me dejaron con los habitantes
de las cosas destruidas
que no eran ya más que
cuatro mil esqueletos.

En los versos puede notarse que María Panero reconoció muy temprano los eslabones que lo mantenían adherido a la escritura, pero también a la muerte y "lo que es más significativo, [en ellos se ve] la voz de un sujeto que ya ha atravesado el último río y habla desde la tumba", menciona Túa Blesa.

La partida de El Demiurgo con la muerte recuerda la del caballero sueco Antonius Blovk en la cinta *El séptimo sello*, de Ingmar Bergman. Tras una Cruzada estéril, el protagonista de la película emprende, a mediados del siglo XIV, el viaje de regreso al hogar. Como si fuese un Odiseo de la Edad Media, el caballero encuentra en el camino a la Muerte, a quien le propone un juego de ajedrez. El trato es que no se lo lleve hasta que lo haya derrotado sobre el tablero. El objetivo de Blovk es ganar tiempo y diluir sus dudas, antes de fallecer, sobre la existencia de Dios, el conocimiento y la propia muerte.

El séptimo de sello es una joya del cine por diversas razones, entre ellas debido al retrato fiel de uno de los tópicos culturales más representativos de la sociedad del Medioevo: la Danza de la Muerte. En la también llamada danza macabra se reunían tres aspectos medievales que llegaron hasta la Modernidad: la histeria colectiva, la visión jerárquica de la existencia y la obsesión por la muerte, con la peste negra como impulsor de esa morbosa seducción.

La historia de La Danza de la Muerte se remite a una manía epidémica que se padeció en Kölbirg, Alemania, en el año de 1921. Unos campesinos ebrios siguieron la borrachera en el patio de la iglesia del poblado. En el lugar dejaron que las pasiones florecieran. Bailaron y cantaron hasta la madrugada. El cura los maldijo y tuvieron que danzar durante doce meses. El evento pasa al poema Manuel de Pechiez, atribuido en 1260 a William of Waddington, y de ahí a la versión inglesa de Robert Mannyng de Brunne, Handlung Synne, fechado en 1303.

El baile recreaba la manifestación del mal en los cuerpos de los siervos. Los participantes del ritual del Jueves Santo, momento del año en que se ofrecían las danzas, se contorneaban de manera extraña siguiendo la música de tambores. Utilizaban máscaras, como Panero, y finalmente caían rendidos al escuchar la campana que simbolizaba la finalización del juicio sobre lo realizado durante su existencia.

La Muerte se convertía en el líder de las danzas. Incluso estaba por encima de Dios. Simbolizaba el pecado original y su poder era absoluto. La visión jerárquica de la actuación iba de la mano con las correspondencias que se estableció en el imaginario medieval, donde el universo estaba compuesto a partir de un orden vertical. Si Dios estaba en la cima, le seguían los ángeles, luego los hombres, tras de ellos los animales, a quienes les continuaban las plantas y, por último, los objetos inanimados. La inclusión de la Muerte como máximo jerarca en esa disposición de la vida estaba apuntalada por lo padecido durante la peste negra del siglo XIV, que hizo que la sociedad del medioevo se topara con la pesadilla del fin de la existencia y, al mismo tiempo, que nutriera su obsesión por la figura de la parca que aparece representada en catedrales, iglesias, cementerios, canciones y poemas.

Como nostálgico de la Edad Media, Leopoldo compartía esa fascinación. El tema de la muerte es una sombra que se extiende página a página, poema a poema, hasta convertirse en uno de los leitmotiv privilegiados en su poesía. En *Erección del labio sobre la página* presumió sobre su conocimiento al respecto:

> Yo que lo sé todo sobre el miedo
> que de la muerte lo sé todo
> -la vida tiene muy escaso valor
> como dijo el Papa Borgia-
> yo que escribo tratados sobre el miedo
> y que rezo en la noche a Villon,
> poeta asesino
> que suplico a la muerte que se calle
> para que también ella escriba en silencio.

Su última antología, de 2011, se titula *Sobre la tumba del poema*, evidenciando la obsesión que compartió con los juglares medievales. Nexo que quedó confirmado desde el año 2004 cuando escribió el poemario *Danza de la muerte*, compuesto por textos inyectados de decadencia. El lector se enfrenta a un libro con personajes agónicos, en los que la misericordia se ha extraviado y el hombre es tan sólo una pieza en el tablero. El poema que abre el volumen recuerda inevitablemente la cinta de Bergman:

> Caballero de la negra armadura, ah Tennysson
> contra la muerte
> marchando sobre el poema como si marchara

sobre el filo de una espada

cabalgando el insomnio

dans la Morgue

avec le yeux grands ouverts

porque el hombre que vive

es un moribundo

que se arrastra sobre la página

para caer sobre ella

y que los pájaros se alimenten de mi vida.

La muerte y la escritura son uno solo en el poema. El escritor es un desahuciado ante la página en blanco, explica Panero. Como lo establece Túa Blesa, los versos de El Demiurgo recuerdan asimismo la propuesta de Agustín Fernández Mallo, en *Nocilla Dream*: "Todo el mundo sabe que escribir es haber muerto. Sólo la muerte pasa la vida a limpio y a esa distancia es capaz de reescribirla. Por eso sólo el escritor es quien narra el mundo de los vivos desde el mundo de los muertos". Novela experimental, el texto de Mallo nació de dos experiencias ligadas a la muerte. La primera, la noticia que leyó en *The New York Times* sobre la aparición, a mitad del desierto de Nevada, de un árbol donde colgaban zapatos de personas anónimas, posiblemente fallecidas. La segunda, mucho menos poética pero más sórdida, es el atropellamiento del autor en Bangkok. Tuvo que estar varios días en su cuarto de hotel escribiendo la obra que apenas tenía como idea. La muerte y la escritura sobre la página, repetiría Panero ante la experiencia de Mallo.

En su *Prueba de vida: autobiografía de la muerte* Leopoldo se desnudó de toda careta para presentarse como el poeta que ha dejado de existir. Ni siquiera es una sombra o un fantasma en los versos. Se trata de los residuos de lo que alguna vez llegó a tener conciencia o por lo menos voz:

> Yo soy sólo entre colillas, soy la ceniza del poema en el que no creo, soy la ceniza del verso y del poema, soy el que vive sin tener ya sentido, "celui qui vivrá n'ayant aucun sens", como dice una profecía de Nostradamus, un labio: soy la ceniza del que quise ser apagado como una colilla sobre el cenicero, como dije en una entrevista que concedieran al hombre que ya no es Leopoldo María Panero [...]

Y así pasan los días engañando a la nada, engañando al hombre que no existe, y que camina sin piedad sobre la página, mientras arde el mar, y la niebla oculta mi sufrir, poemas del ingeniero, ceniza del sapo, bronce del cadáver.

En *Escribir como escupir*, de 2008, volvería a subrayar su postura de escritor desde las tinieblas, calificando al hombre como la peste, "como una sombra en la página", como una ceniza que cae al final de los versos.

La escritura fue para María Panero la partida macabra de la que siempre habló. Su poesía provenía del otro lado del río Aqueronte. Con la misma convicción frente al tablero siguió desplazando las piezas hasta acabar sus días. Segundos antes de fallecer, en el manicomio, Leopoldo escuchó la sentencia en medio de la madrugada: "Jaque mate". Y La Muerte comenzó a bailar.

• • •

LA TEMPLANZA

Y que la voz del poema suene siempre como una condena
Como las últimas palabras de un condenado a muerte...

Ningún aspecto con más templanza en la vida de Leopoldo que su dedicación a la palabra. Bajo las directrices de ésta es por donde anduvo a tientas por el mundo: "Si no hubiese dejado rastros de mí, creería que no existo". La única manera que tenía para confirmar que había vivido la encontraba en su escritura. Una escritura que siempre alimentó un diálogo con otras obras y otros discursos.

El poeta sabía que nunca existió palabra primigenia, como tampoco un Adán bíblico que nombrara al mundo con lenguaje virgen. Respetó por ello lo que han dicho otros, la manera de entender el mundo por medio de la palabra de los otros. Al respecto, expresaba: "impugnando a Descartes, podemos afirmar sin falla que no hay otra certidumbre que el otro, el semejante, el prójimo".

Frente a la originalidad, característica que implica que lo pronunciado o escrito por un individuo aquí y ahora es único, en cuanto a que no ostenta referentes y, en ese sentido, es irrepetible, Leopoldo elaboró una poesía donde otras palabras están presentes. Se trata de una obra destinada a ser tejida por infinidad de discursos que no niegan su procedencia.

Labor que, como bien menciona Túa Blesa, "es una escritura de la lectura y a cada paso se insertan citas, literarias o no, cuando no es todo un poema el que se plantea como reelaboración de alguna página de otro". Con la conciencia de que todo se ha escrito, todo se ha dicho, todo se ha hecho, pues el mundo nació viejo, Leopoldo expresaba: "no hay autor, sólo poemas. Pero hoy, claro, la gente se preocupa más del poeta que del poema. La autoría no existe. Al revés de Musil, no es que seamos hombres sin cualidades, sino cualidades sin hombre".

María Panero sustentó sus textos en gran variedad de referentes dando vida a una voz con carácter mestizo, resultado de otras muchas voces, dejando así escuchar a esos "otros" que influyeron en su trabajo: "la literatura, lo mismo que el lenguaje es un 'sistema de citas', en el que sólo puede pasar por 'original' quien oculta o ignora su procedencia". En *Tensó* lo explicaba claramente: "Parece ser que no hay plagio literario sino un eterno retorno de lo mismo, y otra vez será la misma luna y el mismo sol, la misma silla y la misma mesa, y otra vez será Góngora en Lezama Lima".

A lo largo de su obra se agudiza la presencia de voces y escritos. Si en *Así se fundó Carnaby Street* se presentan los poemas titulados: "De Eugenio Heltai", "De Alphonse Daudet", "De G.A. Bécquer" y los homenajes a Dashiell Hammet y a T.S. Eliot, en sus posteriores libros se establecen conexiones con diversas obras a las que El Demiurgo absorbe y moldea, cita y continúa, exponiendo de manera implícita las referencias a los textos que refiere.

En *Narciso en el acorde último de las flautas* se ve la presencia de Jaime Gil de Biedma, quien englobó su obra completa en el libro *Las personas del verbo:*

Se han roto,

se han roto todas las personas del verbo...

En el mismo poemario también expone una escena que recuerda a *Mientras agonizo*, de William Faulkner:

Leí mucho y no recuerdo nada. Y en la

habitación del fondo mi madre

se pudre, es un pez...

Páginas más adelante quien exige su espacio es Poe:

nevermore

dicen los ángeles, nevermore

canta Dios en las alturas,

nunca más...

La voz de Lewis Carroll se presenta en *Me amarás cuando esté muerto:*

Alicia perdió su reino

y ese reino era el espejo

aquello que invierte la realidad...

Lo mismo que James Matthew Barrie:

las escuadras que nos llevan a otro mundo

al horizonte del infierno,

al barco del nunca jamás

que escapa por la ventana:

oh Wendy, he olvidado volar.

En *Erección del labio sobre la página* es Baudelaire quien llega a partir el verso con sus flores del mal:

Oh amarillo azul de la desdicha
Rosas de las tinieblas y del grito
Flor del mal
Para anidar conmigo mismo...

Y de Kafka se muestra su mundo de asfixia y desprecio en *Presentación del Superhombre*:

Al despertar una mañana Gregorio Samsa
Se vio convertido en un hombre miserable y ruin...

Muchas otras referencias van apareciendo en la poesía de Leopoldo, lo que la hace una especie de cadáver exquisito abierto a la incursión de múltiples plumas. Los títulos de textos y libros también serán reveladores sobre su manera de apropiarse de la palabra ajena. Algunos de sus poemas cabalgan con las siguientes heráldicas: "Imitación de Pessoa", "Diario de un seductor", "Lamed Wufnik", "Peter Punk", "Lo que Stéphane Mallarmé quiso decir con sus poemas", "Pequeña Lulú (tomado de un verso de Wallace Stevens)", "A la manera de Trakl", "Un golpe de dados no abolirá el azar", "Kafka" y "Apocalipsis", por nombrar sólo algunos.

Sucede lo mismo con el poemario Narciso en el acorde último de las flautas, cuyo título es un verso de Georg Trakl. Y para concluir el libro de 1999 Teoría Lautreamontiana del plagio, donde se encuentran los textos "Plagio a Dámaso Alonso", "Bataille", "Plagiando a Pound", "Yo no me llamo Javier", "Rilkiana", "Gregorio Samsa" y "Plagiando a Mallarmé".

Existe un mecanismo más por el cual Leopoldo vinculaba sus escritos con otros discursos y que consistía en ofrecer ya sea la referencia en notas al pie, como lo hace en *Teoría*, o mencionar dentro del mismo poema el nombre del autor con quien relacionaba su texto. Este segundo tipo de conexiones aparece por primera vez en el poemario *Narciso en el acorde último de las flautas*:

> "Amó", dijiste, autorizado por la muerte
> porque sabías de ti como de una tercera persona
> "bebió", dijiste porque Dios estaba (Pound dixit)
> en tu vaso de wiski...

La misma forma de referencia la empleó en múltiples ocasiones e incluso en *Los señores del alma* cambió la locución latina *dixit* por el verbo en castellano decir:

> La flor que se desnuda en el viento
> la flor que ríe y el pájaro que llora
> (Verlaine lo dijo)...

Con esta práctica María Panero rompía el poema en cuanto a su secuencia y ritmo para señalar de dónde se alimentaban sus versos. Guardaba silencio y le ofrecía la palabra a ese "otro" que antes había enunciado lo que se lee en el papel, estableciendo así un diálogo enriquecedor en su poesía.

El mismo diálogo se lleva al extremo particularmente en los libros *Tensó, Me amarás cuando esté muerto y Presentación del Superhombre*, pues los escribió al alimón junto a Claudio Rizzo, José Águedo Olivares y Félix Caballero, respectivamente. En estas obras se pretendía que las palabras de los dos poetas se fundieran en el texto hasta que surgiera una sola voz, sin reconocer individualmente a los autores. Dos palabras, dos discursos, dos maneras de ubicarse en el mundo bajo un solo lenguaje, pero aun así la apropiación, la intertextualidad amplísima que desarrollaba María Panero, no conoció límites. En "Para qué morir si la tarde es el día", de *Presentación del Superhombre*, se lee:

> Las agujas del reloj atraviesan mis sienes
> Y su tic-tac me canta la nana más terrible
> Me alimento de horas y de niños muriendo
> "Las tardes a las tardes son iguales"
> Dixit Borges.

En el poema no se trata de un autor bebiendo de la palabra de otro, sino que son dos autores -Leopoldo y Félix Caballero- tomando la voz de un tercero, en este caso Borges, que seguramente remite a otro discurso y ése a uno más alejado todavía como en un juego de ecos. Al final del poema se ignorará quién pronunció la palabra original, haciendo que sobre la página se desvanezcan las diferencias de discursos y se fundan en una voz comunitaria. María Panero abría con ello sus textos a las voces de esos tantos otros sin los que no se puede explicar cabalmente su poesía. Sus versos no son más que pequeñas intervenciones en ese vastísimo diálogo del que se compone la tradición literaria.

• • •

EL DIABLO

Oh Satán, vencedor de la piel
que ahogas en la sombra a los muchachos
y untas mi cuerpo de una cera pálida
que desnuda se ríe de la flor...

Por los destrozos causados durante sus juergas en la ciudad de Tánger a Leopoldo le conocían como "Shaitan" (ناطي ش = Satán). Apodarlo como el Ángel caído, con su alma surcada a partir del encanto, la venganza y la vanidad, no podía ser más idóneo para el poeta. A él le gustaba contarse entre la legión de la noche, como uno más de los adoradores de la perversidad. Lamentos de los círculos del infierno pueden escucharse entre sus versos.

Leopoldo le cantaba a la maldad, la glorificaba, le rendía honores. La pleitesía a Satán es una constante que se repite en muchos de sus poemarios. Al brindarle la palabra subrayaba su identificación con el icono más representativo del Mal en Occidente. Escribir sobre el demonio le sirvió de excusa para sustentarse como un legionario de la decadencia.

En *Poemas del manicomio de Mondragón*, de 1987, inicia la serie de "Himnos a Satán", la cual llega hasta sus últimos libros:

Tú que eres tan sólo
una herida en la pared
y un rasguño en la frente
que induce suavemente mi muerte.
Tú ayudas a los débiles

mejor que los cristianos
tú vienes de las estrellas
y odias esta tierra
donde moribundos descalzos
se dan la mano día tras día
buscando entre la mierda
la razón de su vida;
ya que nací del excremento
te amo
y amo posar sobre tus
manos delicadas mis heces.
Tú símbolo era el ciervo
y el mío la luna
que la lluvia caiga sobre nuestras faces
uniéndonos en un abrazo
silencioso y cruel en que
como el suicidio, sueño
sin ángeles ni mujeres
desnudo de todo
salvo de tu nombre
de tus besos en mi ano
y tus caricias en mi cabeza calva
rociaremos con vino, orina y
sangre las iglesias
regalo de los magos
y debajo del crucifijo
aullaremos.

Continuó el homenaje al Diablo en *Orfebre*, donde aparecen tres versiones del "Himno a Satán". Aquí presento la primera de ellas:

Sólo la nieve sabe
la grandeza del lobo
la grandeza de Satán
vencedor de la piedra desnuda
de la piedra desnuda que amenaza al hombre
y que invoca en vano a Satán
señor del verso, de ese agujero
en la página
por donde la realidad
cae como agua muerta.

En *El tarot del inconsciente anónimo*, más que un himno, ofrece el poema que le pertenece al arcano de El Diablo:

El estupor de uno mismo
a una rosa yace ahorcada
en la oscuridad de unos ojos
sale la caza del venado.

Prosiguen los himnos en *Guarida de un animal que no existe*, donde expuso "A Belial":

he construido este poema como un anzuelo
para que el lector caiga en él,
y repte
húmedamente entre las páginas...

En *Los señores del Alma* muestra la variante "Himno a Belcebú"

Ah, toro del silencio
que azotas mi rostro con tu verga

que rezas sin labios las sílabas
del espanto...

En *Erección del labio sobre la página* expresa sobre el demonio:

Oh tú señor de la desdicha
Toi qir sur le neant en sais plus que les morts
Mallarmé dixit
Ah ligne monotone et vide
Oh tumba de Edgar Poe
Lorca reza como una madre a la muerta
Oh pirámide de ceniza, oh poema.

Sin olvidar el libro *Esquizofrénicas o La balada de la lámpara azul*, cuya sección de apertura lleva como título "Himnos a las divinidades infernales" y, para que no haya ningún equívoco, aparece la jerarquía demoníaca con los nombres de Astaroth, Belial, Beherito, Tifeo, Yema:

Ángel que sobrevuelas el sepulcro
con la bandera de la nada.

Así como en *Mi lengua mata*, donde la figura de Satán vuelve al verso:

Porque los ángeles sólo habitan en el silencio
Sólo entonan letanías de la nada
y Satán morirá sin saber quién era
Entonando letanías a la nada.

Alinearse a los mandatos de la oscuridad fue una manera

de vivir y de crear para María Panero. No trataba sólo de concebir lo transgresor como bandera artística, sino además pugnaba por otros caminos de creación divorciándose de las maneras de lo políticamente correcto, de la moral arcaica y de las costumbres conservadoras.

Paradójicamente la malicia que demuestra en sus versos deja al descubierto otras maneras de concebir la bondad. Hay en su poesía rayos de luz por donde la misericordia y el amparo, la esperanza y la ilusión, están presentes. Son tenues pero al encontrarse entre las tinieblas se ven de manera nítida. En *Narciso en el acorde último de las flautas* puede observarse este rasgo. El poema de apertura presenta una escena de desolación. La voz poética, que habla en plural, parece estar en una situación de maltrato:

> Todos nosotros somos
> niños muertos, clavados en la balaustrada
> como por encanto,
> a la infancia frágil del balcón de la infancia, esperando
> como sólo saben esperar los muertos...

Sin embargo, al final del poema la promesa de salvación se mantiene. Esos niños que, en realidad son adultos, podrán ser felices sin importar que esa felicidad se viva tan sólo por unas horas:

> Porque todos llevamos dentro un niño muerto, llorando,
> que espera también esta mañana,
> esta tarde como siempre,
> festejar con los Otros, los invisibles, los lejanos
> algún día por fin su cumpleaños.

Tras de los despojos, en la poesía de Leopoldo pueden encontrarse zonas luminosas. Es la razón por la que varios de los lectores se sienten seducidos por sus palabras. Todos encuentran algo que rescatar entre la podredumbre en que en la mayoría de las ocasiones se resuelven los versos.

Esta manera en que María Panero se alejaba de las buenas costumbres para refugiarse en la maldad lo asemejó a los adeptos de la "malamía" -término derivado de malama o censura-, quienes según Juan Goytisolo:

> evitaban cualquier manifestación de piedad y exhibían al contrario una conducta represible a ojos del prójimo, a fin de disimular al mundo su estado místico y piedad recóndita. [...] El comportamiento extravagante de algunos santos populares del Magreb -descuido de las prescripciones rituales, embriaguez pública, sodomía, etcétera- formaban parte de esa provocación al fariseísmo de las buenas conciencias en la que acrisolaban su propia virtud encubierta. [...] A pesar de sus excesos y dislates, Ibn Arabí situaba a los malamatís en la esfera más alta de la santidad.

El mismo rasgo de ambivalencia -ocultar las virtudes, refugiarse en la oscuridad- se exhibe en la poesía de Leopoldo. Sus versos se circunscriben en la lobreguez. En ellos está presente Satán, pero también la bondad que rompe ese rincón de tinieblas. Leopoldo puede concebirse como El Demiurgo que desgarraba almas sembrando por igual palabras opacas y luminosas en los versos. Era el Demonio que susurraba la salvación.

• • •

LA TORRE

Languidezco en una morada que ningún hombre halló
un lugar en que jamás aún mujer lloró o sonrió...

Tübingen fue el lugar donde Hölderlin encontró su Torre. El recinto para el descanso de sus emociones y los nubarrones mentales que le acosaban. Ahí se dedicó a la poesía y soportó la nostalgia por el amor perdido de Susette Gontard, mujer con quien vivió los meses más felices de su vida y por quien rogaba a Las Parcas verla otra vez:

Sólo pido un verano, ¡oh poderosas!,
y otro otoño para que madure mi canto
y más conforme, colmado por ese juego,
mi corazón se resigne a morir.

Hermanado con el alemán por la locura, para María Panero el simbolismo de La Torre se bifurca y se amalgama al mismo tiempo. Se bifurca porque La Torre, en tanto espacio propicio para llevar a cabo su labor poética, puede encontrarse en las múltiples y variopintas clínicas mentales de España por donde vagó, desde 1968, hasta su muerte. Se amalgama debido a que este arcano, con sus claras reminiscencias a los miles de idiomas nacidos en la mítica Torre de Babel, se irá acentuando en sus poemarios.

Al poeta le gustaba experimentar con la palabra y, como en Babel, hacía sonar su poesía en diversas lenguas, ya combinándolas en un solo poema, ya exponiendo todo el texto en latín, inglés, alemán o francés.

La poesía de Leopoldo ignora límites entre uno y otro idioma. Refleja de esta manera los vasos comunicantes de la palabra sin importar su descendencia lingüística. La palabra es una y la misma. Su poder y promesa están más allá de las barreras del idioma. En *Teoría* se ofrece el poema "Le Châtiment de Tartuffe", que pese a tener el título en francés el cuerpo de texto se encuentra escrito paradójicamente en inglés:

> Every triumph of Vanity
> is followed, inexorably, by Shame...

Un ejemplo similar se presenta en *Narciso en el acorde último de las flautas*, donde ofrece "Pavane pour un enfat défunt", donde ahora el título es en francés y los versos en español:

> Se diría que estás aún en la balaustrada del balcón
> mirando a nadie, llorando.
> Se diría que eres aún visto como siempre
> que eres aún en la tierra un niño difunto

Continúa la exploración de idiomas en *Last River Together* con "Autor du poème". La variante de este texto es que tanto título como cuerpo del poema están escritos en francés:

> Ici je dresse une puopée.
> Mais quand l'instant se termine, je suis déjà prêt...

Y en el poema "Canción (II)", de *El que no ve*, se vuelve a ofrecer un título en un idioma, en este ejemplo en español, para posteriormente darle espacio al inglés:

Just a skin boy walking
walking in the street.
Just a skin, less than nothing
walking an everlasting street...

Sin embargo, donde el poeta se permitió llegar más lejos en la imbricación de idiomas fue en *7 poemas*, libro en el que los primeros tres textos se alejan del castellano. Abre con italiano:

Uomo ch'alla Sicilla abiti
guardati d'aprir la porta...

Le siguen dos en inglés:

In the open house nobody cries
in the silent midnight the open nobody cries...
***
Nobody told me the long history of Priamo
the long destruction, the waiting of the slave...

Para cerrar en castellano los cuatro siguientes:

Hay un sol en la tarde
que nos mira y nos llora
***
Era un dios en la sombra que escuchaba el sonido
de árboles vacilantes
de niños y falos
y la sombra tras los árboles.
***

Caían cristales
y hombres de ceniza lloraban

Lambda era el grito escrito en las paredes
y el gallo que no habla gritaba en la basura

Con la mezcla de idiomas Panero diluye las fronteras de lo que se entiende como "poético". A esta manera de quebrantamiento se le deben sumar las experimentaciones en las formas retóricas, de ritmo y fonéticas en su obra, como lo explicaba él mismo: "El verdadero poema no es fiel a otra realidad lingüística que la rotura del lenguaje por la metáfora y la metonimia, la sinécdoque, la aliteración y la rima".

En sus traducciones también corrompía el texto trabajado. Al respecto Leopoldo escribió: "traducir es pervertir es, de algún modo, crear monstruos". Por ello las versiones de los poemas que ofrecía no eran simplemente textos que trataban de comunicar en un idioma lo mismo que en el original, sino que la traducción desarrollaba el escrito y, en algunos casos, intentaba superarlo. En las transcripciones al español que hizo de las obras de Bataille, John Clare, Catulo, Lewis Carroll, Edward Lear, James Matthew Barrie o de las canciones de los Rolling Stone, es común encontrarse con interpretaciones que no se apegan al escrito base e incluso con fragmentos que no existen en el texto traducido.

El Leopoldo traductor se negaba a ser un medio para que la palabra artística de una lengua ajena se escuchara en castellano. Se consideraba un creador alterno. Tomaba el escrito extranjero y lo modificaba. Según sus preceptos, el arte se mantendría en el nuevo texto sin importar que éste no se reconociera en el original.

En la canción *Jumpin Jack flash*, de Mick Jagger y compañía, aparece el verso: "It's a gas! Gas! Gas!", lo que el poeta traduce como: "(un gas, un gas, un gash, un rash, un galp, un gulp -un bua, hí)". Lo mismo sucede en *The Hunting of the Snark*, de Lewis Carroll, en cuyo prefacio agregó diversas líneas, luego del sustantivo Jabberwork, que no aparecen en el original: "El problema de este poema está conectado de alguna manera con el de la existencia de Jabberwock, lo mismo que éste último se halla en relación con el arte, o la nefanda y perversa intención de traducir".

La edición de *Traducciones/perversiones*, donde se recopilan todos estos ejercicios de Leopoldo, fue preparada por Túa Blesa. La introducción del libro revela los causes por los que María Panero transcurre en su labor de traductor. Desconocerlos provoca el menosprecio de los nuevos textos que están naciendo a partir de la absorción de los escritos originales. En ellos el poeta no es el "autor" en el sentido tradicional de la palabra, sino un momento de convergencia de las distintas voces que pueden encontrarse en un escrito.

La traducción era para El Demiurgo un espiral en el que los diversos escritores entraban en un proceso de interacción perpetua, con lo que abonarían a la fecundidad del intercambio discursivo y al desarrollo y evolución de las propias obras. Las traducciones, según Leopoldo, debían pretender esa renovación literaria: "En lugar de tratar de buscar en la realidad o de descubrir el infinito, de lo que se trata es de inventarlo y construirlo".

Leopoldo propuso en su obra un nuevo idioma, tanto artístico como gramático, que se demuestra en las traducciones, la inclusión de diversos idiomas en el texto y la absorción de un discurso otro para tejer, con voces alternas, los nuevos versos. Se trata de un idioma que está por encima de cualquier frontera lingüística y que encuentra en la lírica un sitio privilegiado para escucharse y exponerse sin censuras de ningún tipo. Es entonces cuando la torre de versos se completa. El único idioma de Babel fue siempre la poesía.

• • •

LA ESTRELLA

Toda mi vida es una larga historia de crímenes y sangre:
pero han quitado la estrella de mi frente y pronto no existiré más.

Las estrellas tocan la tarde. Aguardan su turno en el baile cósmico. Van saliendo poco a poco hasta vestirlo todo. En el manicomio Carlos I hay una terraza donde los internos miran la manera en que el mundo se vuelve oscuro. Como recordando a nuestros abuelos más remotos, aquellos que vieron el primer atardecer y creyeron que la lobreguez sería para siempre, muchos de los pacientes conocen el riesgo de que la noche sea eterna.

Leopoldo subía hasta el mirador y escribía sobre el miedo a las tinieblas. Las conocía todas. Pudo nombrarlas. La oscuridad le brindaba consuelo ante una vida hecha jirones. Y esa misma oscuridad es la que permea sus palabras.

No es difícil hallar la opacidad en sus poemas con líneas que retan a la tradición refugiándose en el absurdo. La de El Demiurgo es una lírica que busca llevar hasta el extremo lo que puede entenderse como versos clásicos. Una y otra vez pone en jaque las plataformas poéticas. ¿Hasta dónde un poema puede permitir la contaminación tan radical ejercida por Panero sin perder su literariedad? Un ejemplo de ello se da en "Doceavo", del libro *Teoría*, en el que ofrece versos con una rima desatinada y torpe:

> Peina lo peinado 1
> oscila venado 2
> muerto acanalado 3

combinando hincado 4
dulce palo aislado 5
cópula en el aro: 6...

Lo mismo sucede con los haiukú que van brotando de su pluma, los cuales, por supuesto, rechazan la métrica que estipula la figura poética japonesa:

Hembra que entre mis muslos callabas
de todos los favores que pude prometerte
te debo la locura.

Las maneras de quebrantar, estructural y semánticamente, a la poesía por parte de María Panero ha sido clasificado por Túa Blesa como "logofagia": la palabra devoradora de la misma palabra.

Si los poemas en prosa de *Así se fundó Carnaby Street* eran ya un *rara avis* en la poesía española, varios de sus textos posteriores no encuentran parangón posible en tanto que destruyen todo andamiaje poético. Sin empacho alguno rompen el ritmo para insertar una palabra en otro idioma que termina convirtiéndose en una onomatopeya que degrada la obra.

"Homenaje a Catulo", del mismo poemario de *Teoría*, es un texto en que expone de manera perfecta la logofagia que intentaba Leopoldo, dejando libre fonéticamente al signo para presentar un sonido ("ioy") sin o, más bien, con múltiples significados:

Oh, yo, Sabenio, amo tu triángulo
que arde en fuego terrible hacia la nada (ioy)
nada es alegría la alegría es la nada

y en ese oscuro túnel

(ioy)

que es tu culo, Sabenio

La logofagia también funciona de manera adversa. Corrompe a las palabras para que en su seno subyazca un sentido otro al que comúnmente le corresponde. La nueva acepción se encuentra cargada de referencias que enriquecen su significado; proceso que recuerda el método artístico de Marcel Duchamp. El francés tomaba objetos banales y de uso cotidiano para convertirlos en arte, denominando sus piezas "ready-made". De manera similar Leopoldo se adueñaba de lenguajes y formas que no correspondían a lo que se tiene estipulado como "poético", logrando poner en crisis el concepto de literatura, en tanto coto limitado y reaccionario.

Su obra se instaura como el espacio poético donde puede degustarse un cosmos cultural y artístico no literario, pero que se convierte inmediatamente en literatura al aparecer en los poemas. Una vez que las referencias extrapoéticas se muestran en la poesía de María Panero pasan a considerarse parte del "todo poético". Son, ya concluido el texto, elementos intrínsecos de la poesía, como lo pueden ser los términos "rosa", "luna" o "noche".

Es así que Leopoldo no cesaba en reivindicar lo apoético y en sus versos palabras como "wáter", "orina", "mierda", "heces", "pedo", son una constante, una guía para reconocer su propia palabra, pero también para hacer de la poesía un espacio fértil, sin alejamientos del mundo, hermanado a la vergüenza diaria y comunitaria de estar vivo, como lo señaló en el libro *Conversación*:

En el autobús, vientre contra vientre
culo contra ano
luchamos por el perdón de la manada
que en silencio nos diga que hemos muerto...

Al estudio que realizó sobre la obra de María Panero, Túa Blesa lo tituló *El último poeta*. Leopoldo era el último poeta porque había cultivado la transgresión de la poesía. La palabra se devoraba así misma generando no sólo su propia muerte sino también la llegada del silencio, por lo que Leopoldo era el último en pronunciarla. Luego de términos como "culo", "ano" o "nalgas", o de planteamientos donde el poema o el verso fungen a la manera de un penetrador de anos, como sucede en *Erección del labio sobre la página*:

Ah tú, simetría del poema, único dios
Perfecta simetría del poema donde acecha el tigre,
el tigre de la locura que ruge aun contra el pensamiento
Cae del culo semejante a un excremento
que sobre el poema se deslizara
Oh tú, única anaconda
Que te acechan queriéndote las dos nalgas...

Luego pues de ensuciarlo todo, María Panero llega al final de la hoja en blanco. No existe nada más que escribir porque todo se ha dicho. Su viaje por la poesía no puede concebirse sino a partir de la destrucción y el poeta no entendía otra destrucción más que el acabamiento de toda la literatura institucionalizada.

Sus experimentos que, en ocasiones, lo dejaron varado en el absurdo, eran modos de palpar los límites de lo que aún se puede decir en el verso, llegando hasta ahí por medio del coraje: "La fuente de mi inspiración siempre ha sido el odio, el odio a la realidad y a la vida, cuya destrucción acrisola el lenguaje".

Y aun siendo el último poeta, Panero sabía que el Apocalipsis y la desgracia, la catástrofe y la ruina, suponían un fin, no eterno, sino más bien un fin que le daría paso a un nuevo principio que ya se dibuja en la página. El poeta dejaría de existir, pero no la poesía, como lo explicó en *Águila contra el hombre. Poemas para un suicidamiento*:

> porque el hombre es menos que una sombra,
> es sólo un equívoco, una pasión turbia
> o vil, y el poema está hecho
> para no volver a llorar.

En la poesía apocalíptica de Leopoldo, habría que pensar en el día después del acabamiento, cuando el poema, que nunca se ha ido, vuelva a leerse. De esta manera la logofagia servía de medio para que la palabra fuera destruida y al mismo tiempo impulsada a un nuevo alumbramiento. El último de los poetas se convertía entonces en el primero en pronunciar los versos recién nacidos, como en un eterno retorno. Se trata de la reencarnación de la poesía, no del hombre.

• • •

LA LUNA

Toda mi vida ha sido una larga noche.
Noche de alcohol y de drogas, y mujeres,
que decían amar a la noche...

El arcano de La Luna representa el momento más oscuro que vive el Héroe durante su viaje por el Tarot. El significado de esta carta encuentra eco en la figura de Leopoldo que, en palabras de Túa Blesa, era un héroe que se enfrentaba a fuerzas que le eran inmensamente superiores y, por tanto, acabaron "por sumirlo en la derrota". En este fracaso que padecía María Panero estaban unidas su historia familiar y literaria, dos caras de un mismo error: la vida.

Quién, si no Leopoldo, podía hablar desde la oscuridad de las horas, donde la poesía era el medio, no sólo para dar cuenta de la desesperanza, sino también para llegar a ella. La misma senda anduvieron los otros miembros de la familia como si la desgracia fuera su marca genética. Todos los Panero sufrieron una existencia cuya gracia, si alguna vez la hubo, se fue convirtiendo en una mueca de dolor. Posiblemente lo intuimos: no hay salvación, ni misericordia, para las estirpes condenadas a la soledad.

La desgracia empezó con Leopoldo Panero, quien más que por su obra, por sus funciones burocráticas liadas al franquismo, perdió su lugar en la tradición poética de España. Mientras tanto, el tío Juan, también poeta, murió en 1937 y sus letras han quedado como muestra de una juventud frustrada violentamente.

El cruel legado prosiguió con el primogénito, Juan Luis, fallecido el lunes 16 de septiembre de 2013, a causa de un cáncer que ya le había coqueteado décadas atrás y quien toda su vida se reconoció como viajero incansable, seductor de hermosas mujeres y amigo de reconocidos escritores como Octavio Paz, Jorge Luis Borges, Juan Rulfo, Gómez Valderrama, Gaitán Durán, entre otros.

En su biografía, titulada *Sin rumbo cierto*, libro compuesto por conversaciones que realizó junto a Fernando Valls, Juan Luis cuenta el viaje familiar por Europa -tendría menos de 18 años- cuando conoció Venecia, lugar que pensaba propicio para amantes. Se juró a sí mismo no regresar jamás sino hasta que encontrara al amor de su vida con quien compartiría el encanto de la ciudad italiana. Nunca volvió.

Al parecer la soledad de los Panero era provocada por y desde la literatura. En el libro *Los trucos de la muerte*, Juan Luis incluye ese bello y doloroso poema llamado "A la mañana siguiente Cesare Pavese no pidió el desayuno", donde buscaba respuestas ante esas noches sin amante que le calaron los huesos:

> Solo bajó del tren,
> atravesó solo la ciudad desierta,
> solo entró en el hotel vacío,
> abrió su solitaria habitación
> y escuchó con asombro el silencio.
> Dicen que descolgó el teléfono
> para llamar a alguien,
> pero es falso, completamente falso.
> No había nadie a quien llamar,

nadie vivía en la ciudad, nadie en el mundo.
Bebió el vaso, las pequeñas pastillas,
y esperó la llegada del sueño.
Con cierto miedo a su valor
-por vez primera había afirmado su existencia-
tal vez curioso, con cansado gesto,
sintió el peso de sus párpados caer.
Horas después -una extraña sonrisa dibujaba sus

                              [labios-

se anunció a sí mismo, tercamente,
la única certidumbre que al fin había adquirido:
jamás volvería a dormir solo en un cuarto de hotel.

En la misma tónica que Juan Luis, Leopoldo fue saboreando la soledad que emana de la poesía. Supo que no hay escapatoria si se dejan manos, alma, ojos, razón, en el puñado de palabras que terminarán por devorar las horas:

Me celebro y me odio a mí mismo
palpo el muro en que habrá de grabarse mi ausencia
mientras el poema se escribe contra mí,
contra mi nombre
como una maldición del tiempo.
Escupo estos versos en la guarida de Dios
donde nada existe
sino el poema contra mí.

Este texto, "Me celebro y me odio", que se desprende de *Guarida de un animal que no existe*, presenta la ambivalencia de la escritura como forma de vida preñada de soledad. Es la seducción que acaba por pudrir la existencia.

Por eso Michi, el menor de los Panero, huyó de la literatura. Desde muy pequeño percibió la lobreguez de la palabra y se negó a seguir el camino de la poesía o del arte. Vivió para vivir, no para crear. Durante las noches de juerga del Madrid de los setenta, se le reconocía como el más simpático de los hermanos Panero. Amaba el cine y la música, tanto como despreciaba las buenas costumbres. Michi se burlaba de todo y de todos. Conocía el reverso de la inocencia que es el sarcasmo. Su mordacidad se volvió épica entre quienes lo conocieron. Las ocurrencias en contra de personas, instituciones y libros iban sembrando un caudal de carcajadas a su alrededor.

Luego de un matrimonio en ruinas, de regresar a vivir a la casa familiar madrileña de Ibiza 35, de un alcoholismo que le había dejado secuelas tan graves como la imposibilidad de caminar fluidamente, el menor de los Panero decidió seguir con su vena satírica escribiendo críticas para la guía de televisión española. Su herramienta de trabajo era un aparato que emitía sonidos pero cuya pantalla no daba señal. Frente al televisor descompuesto, rodeado de botellas vacías y junto a mierda de perro, lo encontró Enrique Vila Matas. Esa imagen, en medio de la podredumbre con un miembro muerto que sobresalía de los calzoncillos, inspiró al novelista a escribir *Lejos de Veracruz*.

La narración cuenta la historia de Enrique Tenorio, quien forma parte de una familia de creadores y, por ello, desprecia ese mundo. "Yo no quiero para nada ser un artista. Yo aspiro únicamente a vivir. Mi obra maestra será mi vida", asegura el protagonista de la novela. Palabras que perfectamente se le pueden endosar a Michi. Los dos, el personaje y el Panero, coincidían en que para los cobardes se inventó la ficción. Decidieron, por eso, beberse sin descanso todas las horas que la mayoría administra durante sesenta o setenta años.

Igual que Enrique Tenorio, Michi vivió como un desquiciado hasta que se hartó del mundo. Entonces se refugió en la antigua finca familiar de Astorga. Vila Matas da testimonio del hecho en el artículo que escribió para Letras Libres a la muerte de su amigo, acaecida seis días después de los atentados del 11 de marzo:

> Michi tenía aburrimiento (*ennui*, dicen los franceses), lo tuvo casi toda su vida. Bebía para no aburrirse o tal vez para aburrirse más. En los periodos de ley seca, yo creo que se aburría triple. A su muerte, los periódicos españoles lo han tratado de escritor, cuando fue o quiso ser todo lo contrario. Harto de tener padre, tío paterno y hermanos poetas, todos poetas, inició desde muy pequeño un alejamiento de la escritura, huyó de la poesía como de la peste. Su gran sueño, siempre en clave muy irónica, era "dejar de ser un niño pobre, salido de un cuento de Dickens" y casarse con una multimillonaria como Bárbara Hutton para divorciarse pronto de ella, y desde luego no tener que escribir. Curiosamente, escribía muy bien, pero no fue nunca un escritor. Nunca trabajó en nada que pudiera ser nombrado con solemnidad en su biografía. Trabajó a fondo su propio aburrimiento, eso sí. Lo mejor que, poco después de su muerte, he oído decir de él, se lo escuché a Javier Rioyo en el programa de Iñaki Gabilondo: "Michi no hizo nunca nada, pero tenía mucha gracia".

Pese a que, como lo menciona el novelista, Michi no dejó obra alguna, en los últimos años se han multiplicado los seguidores que lo ven como a un guía entre las tinieblas. Cada mes se acrecientan los textos que abordan su característica forma de sortear el tiempo. La estancia vacía es un documental sobre la víspera de su muerte, lo mismo que la novela Los últimos días de Michi Panero (XII Premio de Novela Juan Pablo Forner, en 2008), de Miguel Barrero, y el cantante Nacho Vegas escribió la extraordinaria canción "El hombre que casi conoció a Michi Panero", incluida en el álbum *Desaparezca aquí*, de 2005. Hay algo en él que recuerda que el no hacer nada, el no prestarse al juego macabro del arte, es también artístico. Michi le apostó a la nada de no ser nadie y lo logró.

Comprendió que la vida es el abismo hecho tiempo y espacio. Sin embargo, la existencia terminó cazándolo para probarle que nadie puede ante la embestida del tiempo. Mucho menos nadie que llevara el apellido Panero.

En los últimos años no hizo más que aceptar estoicamente el destino del hombre que no es la muerte, sino la desilusión de lo que alguna vez creyó hermoso. Aún se escuchan nítidas sus palabras expresadas en el documental *Después de tantos años*:

La memoria es lo más cruel del mundo que te recuerda que cada día eres más viejo y estás más cerca de la muerte. Siempre queda el recurso de la nostalgia. Es lo más fácil decir: "antes era muy bonito", pero no había bonito nada. ¿Cómo pueden ser bonitos la universidad o los primeros amores dificultosísimos? Sufrí mucho. Lo que pasa es luego te lo inventas todo y al final estás asegurando que todo era bonito. Yo creo que es una especie de mentira que se dice a uno mismo. Quizá para ocultar que todo ha sido un fracaso. Ni era bonito entonces ni es bonito ahora y posiblemente sea aún peor para un mañana. Siempre se mitifica al pasado.

Bajo la sombra de La Luna, el desamparo de los Panero se acumulaba de a poco. No había salvación. No existía salvación alguna. Como Michi, Leopoldo lo fue comprendiendo hasta que falleció solo, a mitad de la madrugada, en la celda del manicomio. Y así lo reflejó en su poesía. El mismo año de la muerte de su hermano menor, El Demiurgo publicó el libro *Erección del labio sobre la página*, en el que se incluye el poema "Vejez", un digno retrato de Michi:

Estoy marchito y acaricio mis heces como si
fuera un revólver
Oh disparo en la sien que haga nada del hombre
Oh sinfonía de disparos
Para que nazca
Mudo
El hombre.
Equiparándose a la nada
Y equiparándose al viento
Oh poema que cuelgas de mis piernas
Oh falo barrido por el viento

• • •

EL SOL

El poema como un pus
como el grito de mis ojos
como la sombra en el suelo
de Peter Pan, que los otros
pisotean sin verla...

¿Recuerdas lo que buscabas de niño, Leopoldo? ¿Los juegos y las muñecas que jalan ellas mismas la cuerda? ¿El momento en que te acercaste a la muerte? ¿El día en que falleció tu perro imaginario llamado Prin-lalá? ¿El Capitán Marciales, Leopoldo, ese personaje que inventaste y del cual sólo tú sabías sus aventuras? ¿Los poemas que salían de la sombra y luego una casa sin padre?

Son extraños los regresos, lo sabes. En el manicomio te ofrecí el mazo y elegiste el arcano de El Sol. Me explicaste entonces que en el Tarot esta carta representa a la niñez. Uno de tus espacios preferidos, Leopoldo. Y yo me uno a ti y a tu nostalgia porque todos recordamos que de niños el dolor ya existía pero no era tan brutal ni tan cierto como ocurre cuando nos alejamos de aquel sitio.

Eso nos sucede, Leopoldo. Siempre nos está sucediendo. Ya sea que se aprecie como un edén mítico o un infierno incurable, la niñez es el lugar donde se nos extravió la certeza acerca de la vida, como bien lo escribiste en *Los señores del alma*: "La verdad largo tiempo buscada en la infancia".

La niñez, Leopoldo, tiene algo de seductora, es el sitio justo para comprender el génesis de tu obra. Volcaste tus recuerdos en

Así se fundó Carnaby Street, libro que definías como la "búsqueda de la infancia, del Absoluto, y [el] rechazo del mundo presente a través de la nostalgia del mundo infantil".

El poemario se llena de menciones a tu infancia: "Me pregunto dónde estará aquel traje de Arlequín, que llevé a la fiesta de disfraces". Así lo cuestionas en uno de los versos, en clara referencia al traje de Pierrot -símbolo ya de por sí de la melancolía-, con el cual te pintó Álvaro Delgado a la edad de nueve años.

Andrew Debicki lo intuyó y dijo: "muchos de los poemas [de *Carnaby Street*] refieren a los recuerdos de la niñez, especialmente a los recuerdos de miedo y de alienación". De la misma manera, para Jenaro Talens tu obra ofrece "una versión que surge de la conciencia de que nunca hubo un paraíso (ni siquiera ese simulacro llamado infancia)". Por tanto, aunque percibías el espacio infantil como un refugio al que deseabas volver, terminaste sucumbiendo en el presente, en el espacio adulto que intentabas negar.

La imagen de la infancia que presentaste en cada uno de tus libros se conformaba de alusiones a la literatura, historietas o películas para niños que te funcionaban como ligaduras con el pasado. Pero incluso ibas más allá. No sólo retomaste historias sino que además ofrecías nuevas narraciones infantiles que fueron catalogadas por Pere Gimferrer como "terribles cuentos negros de hadas". En tus poemas pueden leerse lo que podría clasificarse como los capítulos perdidos de Blancanieves, El Patito Feo o Peter Pan. Este último uno de tus referentes más importantes. ¿Recuerdas, Leopoldo, tu pasión por James Matthew Barrie?

Escribiste un guion cinematográfico basado en Peter Pan, destinado al rodaje de un cortometraje en blanco y negro con una duración aproximada de quince minutos, así como un prólogo al mismo texto. Además, me mostraste a los acompañantes que velaban tu sueño en el dormitorio del psiquiátrico: pequeñas figuras de porcelana representando a Campanita y Peter Pan. Por eso es que la mención a los personajes de James Matthew Barrie quedó impresa en diversos de tus poemarios: *Teoría, Contra España y otros poemas no de amor,* donde escribiste "Peter Punk"; *Me amarás cuando esté muerto, Erección del labio sobre la página, Presentación del Superhombre y Los señores del alma,* donde se lee:

> Toda mi vida me habían obsesionado los niños. Leí obsesivamente las páginas de Peter Pan, pero sólo hasta muchos años después supe que su autor, James Matthew Barrie, era un gnomo, alguien habituado a vivir en los bosques, alguien por el que clamaban los árboles [...] y comprendí entonces que no eran duendes, sino niños ahora volando en círculo al país de Nunca Jamás, al árbol del ahorcado.

En tu presentación de la antología *Nueve novísimos poetas españoles* te rehusaste a explicar "poética" alguna, como lo hicieron cada uno de tus compañeros. En cambio ofrecías un discurso que, bajo la máscara del Capitán Garfio, predicaba sobre el poder de la palabra para provocar la destrucción de la realidad:

> GARFIO.- Vivo dentro de la fantasía paranoica del fin del mundo y no sólo no quiero salir de ella sino pretendo que los demás entren en ella. Todas mis palabras son la misma que se inclina hacia muchos lados, la palabra FIN, la palabra que es el silencio, dicha de muchos modos. Porque es un FIN que incluye

a todos en la única tragedia a la que sólo se puede contemplar participando en ella. Es la tragedia convertida en absoluto y por consiguiente desaparecida.

Es la muerte que desaparece

Vivo bajo la sola protección de una idea: el muro de lo absoluto es para mí una enfermedad o excepción que a todos incluye. Se trata siempre del fin en la tragedia, pero cuando este fin es el sueño del fin universal, la tragedia trata en él de ser plenamente.

Es un crepúsculo activo: un asesinato.

Misma careta, la de Garfio, con la que te comparaste en un texto de Once poemas:

> El Hijo de Dios orina en mi cabeza
> calva como la del Captain Hook
> y una flor crece sobre mi cabeza
> calva como la del Captain Hook
> y un niño la poda y deja caer
> sobre el estiércol infinito
> que es la tierra de Hook, y un grito
> para saciar la tempestad.

Peter Pan es el niño que se negó a crecer. ¿No eras alguien parecido, Leopoldo? ¿No habías tomado sus palabras, su ideario, su máscara? ¿No te habías negado a crecer? Lo escribiste en *Y la luz no es nuestra*: "Los niños, como los locos, sueñan frecuentemente despiertos". Y al soñar volvías a ser niño. ¿Pero qué soñabas, Leopoldo? Tal vez tus pesadillas no eran más que recuerdos infantiles. En tu haiku (¿haiku?) "Le bon pasteur", de *Narciso es el acorde último de las flautas*, pintaste muy bien tu espacio onírico:

> Es duro el trabajo de la pesadilla,
> es duro
> arrastrar de día el carro de las marionetas,
> de noche; y ser una de ellas
> mañana, cuando abran los ojos
> para no ver
> que la bailarina de cuerda danzando entre ellas
> mueve ella misma el resorte

Eras un niño, Leopoldo, en tanto loco que nutría las pesadillas más oscuras de la infancia. ¿Recuerdas aquel poema de tu plaquette Por el camino de Swan, editada el día 26 de febrero de 1968, y que era un juego de niños para entrar en el mundo literario? El juego no te resultó pero ahí dibujaste el dolor más grande de Peter Pan:

> <<No puedo ir contigo, Peter. He olvidado volar, y...
> Wendy se levantó y encendió la luz: él lanzó un grito de dolor...>>

El olvido se va tragando la vida y sólo nos deja algunos recuerdos. A Matthew Barrie le dolía comprenderlo. En sus narraciones el olvido del vuelo simbolizaba el abandono de la infancia y, con ello, estar impedido para el viaje a la tierra de Nunca Jamás. "Peter lanzó un grito de dolor", escribiste, Leopoldo. Se trata del mismo grito que repartiste en mucha de tu poesía. Sabemos cuánto duele luchar contra el olvido, que es la máscara de la muerte.

Por eso te llamo, Leopoldo. Para saber que hemos existido. Esto es un recuerdo. Tal vez el más lúgubre de los recuerdos porque se refiere a la infancia rota. A ese territorio vedado, al que estamos impedidos para regresar porque perdimos la inocencia, porque vamos olvidando todo, porque cada día estamos más cerca de la muerte que ahora tú ya conoces. La niñez: espacio para lágrimas y risas sin máscaras ni nostalgia. Ya no jugamos, Leopoldo. ¿Recuerdas aún cómo volar?

· · ·

EL JUICIO

El tiempo, y no España,
dirá quién soy yo...

Ha muerto Leopoldo María Panero. Es 5 de marzo de 2014. Solamente un día después los medios más importantes de España confirman el deceso. Entonces el alud de noticias se presenta por internet y las crónicas se multiplican: el poeta falleció solo, el miércoles de ceniza, en el psiquiátrico, como lo había predicho en *Escribir como escupir*:

> La vida entera es un Miércoles de ceniza
> Y mi matrimonio con Odín
> Es un matrimonio con la ceniza
> Con la ceniza impune de mi mano
> Que arroja sangre sobre la piel del gusano
> Sobre la piel del gusano sin nombre
> Que sólo sabe rezar al Desastre

Entonces sí, los poemas se repiten por las redes sociales y los lectores le lloran al Demiurgo. En Twitter su muerte se convierte en *trending topic*. La figura deja vía libre a la leyenda.

Como casi siempre sucede, los homenajes llegan junto a la muerte. A tres años del deceso, sus textos empiezan a reproducirse sin parar, escritores de diversas partes del mundo lo citan, los seguidores intentan definir su figura, su nombre aparece en diarios, revistas y suplementos culturales. ¿Pero quién fue Panero? ¿Cómo juzgarlo? Él mismo se lo preguntaba durante las tardes de lluvia en el manicomio: "¿Quién soy yo?"

Es difícil ofrecer una respuesta cuando Leopoldo estaba incluido en esa cofradía de juglares del abismo que, como lo dijo Antonio Martínez Carrión, floreció en la época de los sesentas y entre la que destacaron Jimmy Hendrix, Janis Joplin y Jim Morrison. Todos ellos, mitos de la desgracia y la genialidad.

El halo legendario del poeta parece haber iniciado en *El desencanto* donde se muestra caminando en medio de las tumbas de un cementerio. Necrofilia y poesía le otorgaron un carácter malditista con el que lidió toda su vida. Desde ese momento su imagen se volvió un hito en el cine y la literatura españoles.

En 1994, se estrenó lo que podría calificarse como la segunda parte del filme de Chávarri: *Después de tantos años*, dirigida por Ricardo Franco, en la que Leopoldo es el gran protagonista. Su cuerpo desnudo en las regaderas del manicomio se mezcla con las consideraciones sobre la locura que va soltando a medida que el filme avanza, mientras otras tomas muestran los pasillos del psiquiátrico en atardeceres que llaman a la melancolía. "Finalmente estar loco se trata de tener o no tener amigos", asegura el poeta en la pantalla. Es acompañado de una hermosa melodía, con matices al piano, a cargo de Eva Gancedo. Por último se encuentra *Los abanicos de la muerte*, de Luis Miguel Alonso Guadalupe, realizada en 2009, la más reciente película acerca de la familia Panero donde Leopoldo, último sobreviviente del naufragio, vuelve a ser la pieza clave.

Poco que añadir a la extraordinaria labor del investigador literario Túa Blesa en *Leopoldo María Panero. El último poeta*, y a la magnífica biografía de J. Benito Fernández, titulada *El contorno del abismo. Vida y leyenda de Leopoldo María Panero*. Con el mismo objetivo de nutrir a la leyenda, el músico Carlos Ann realizó el disco, ya mencionado capítulos atrás, titulado simplemente *Panero*, de 2004. La edición incluye la cinta *Un día con Panero*, y el proyecto cierra con un espléndido documental de lo vivido durante la presentación del álbum en el bar La Paloma, en Barcelona, bautizado como *Una noche con Panero*.

Con su historia a medio camino entre el mito y la realidad, Leopoldo pudo ser un poeta soslayado en España pero jamás desconocido. Desde *Así se fundó Carnaby Street* su labor literaria no encontró tregua. Además de los poemarios hizo traducciones y mantuvo una columna en el diario vasco ABC. Textos suyos aparecieron en antologías de poetas españoles en otras lenguas, como la alemana *Ein Shiff aus Wasser (Un barco de agua)*, la belga *D'une Espagne à l'Autre. La Poésie espagnole de la Guerre Civile à nos jours*, y las francesas *Poésie espagnole moderne et contemporaine* y *Poésie espagnole 1945-1990*; así como la lujosa y gigantesca *Anthologie bilingüe de la poésie espagnole*, de la editorial Gallimard.

En diversas publicaciones de Europa, como la ya mítica *El Viejo Topo*, y de América, también encontró acomodo la palabra Leopoldo y es común hallar revistas con números dedicados a engrosar su legado. No es circunstancial que fuera el primer miembro de su generación en aparecer en la canónica colección Letras Clásicas, de la editorial Cátedra. Casi la totalidad de su poesía puede encontrarse en dos extraordinarios tomos publicados por Visor: *Leopoldo María Panero. Poesía Completa 1970-1999*, y *Leopoldo María Panero. Poesía Completa 2000-2010*, en las que Túa Blesa consigue agrupar libros que en muchas ocasiones quedaron varados en editoriales casi desconocidas.

Por la red la figura de Leopoldo aparece en múltiples propuestas, desde páginas de poesía hasta blogs de tendencia gótica. El internet también ofrece la oportunidad de atestiguar sus diversas apariciones en la televisión española, incluida su participación en la serie de dibujos animados *Adult Swim*, de Jorge Riera, colaborador de Cartoon Network.

Al Psiquiátrico de Las Palmas llegaban diversos seguidores, en un ritual parecido a las peregrinaciones en busca de luz de algún gurú, y en 1998, se fundó el Colectivo Literario Leopoldo María Panero, el cual editó el libro *Los ojos en la escalera*, donde los integrantes del grupo le rindieron homenaje por medio de artículos. La obra finaliza con el poemario *Heroína y otros poemas*, así como un texto del propio Leopoldo, titulado "A sangre fría".

A últimas fechas vale la pena destacar el libro *El del medio de los Panero. Las apariciones apócrifas de Leopoldo María Panero*. Publicado en 2015 bajo el sello Ediciones Lupercalia, el poeta Gsús Bonilla ofrece un volumen donde diversos escritores exponen textos donde El Demiurgo vuelve a la vida. Es reveladora la nota editorial del libro:

> Dicen -seguro que con acierto- los que saben del tema, que Leopoldo María Panero es uno de los mejores poetas nacidos aquí, puede que el mejor. Este libro recoge alguna perspectiva más, dentro de la subjetividad de cada uno de los autores (Alberto García-Teresa, Alex Portero, Alpasky, Ángel Guinda, Charo Fierro, David González, Sor Kampana, Elba Martínez, Eloísa Otero, Esteban Gutiérrez Gómez, Felipe Zapico, José Ángel Barrueco, Julio César Álvarez, María Ángeles Maeso, Óscar Ayala y Vicente Muñoz Álvarez) que amablemente han colaborado en él, para ofrecer otra

realidad en contraposición a los diálogos surrealistas e imposibles que acontecen en las diferentes apariciones que aquí se dan.

Como lo demuestra la obra anterior, los seguidores del poeta son de una estirpe particular, como lo comprobó Roberto Bolaño, quien durante su última entrevista, publicada en la edición mexicana de *Playboy*, a la pregunta de si teme a sus fans, respondió:

> He tenido miedo de los fans de Leopoldo María Panero, el cual, por otra parte, me parece uno de los tres mejores poetas vivos de España. En Pamplona, durante un ciclo organizado por Jesús Ferrero, Panero cerraba el ciclo y a medida que se aproximaba el día de su lectura la ciudad o el barrio donde estaba nuestro hotel se fue llenando de freaks que parecían recién escapados de un manicomio, que, por otra parte, es el mejor público al que puede aspirar cualquier poeta. El problema es que algunos no sólo parecían locos sino también asesinos y Ferrero y yo temimos que alguien, en algún momento, se levantara y dijera: "yo maté a Leopoldo María Panero" y después le descerrajara cuatro balazos en la cabeza al poeta, y ya de paso, uno a Ferrero y el otro a mí.

Es así como la vida de Leopoldo sedujo a la ficción. El propio Bolaño presenta un personaje loco en su novela póstuma *2666*, que no es otro más que El Demiurgo. Lo mismo han hecho Jorge de Comingues en *Tal ilusión*, novela donde evoca las visitas que le hacía a Leopoldo en la Clínica Psiquiátrica Residencia Pedralbes, y Luis Antonio de Villena con el cuento "Apagad el gas antes de iros", narración de lo vivido con el madrileño durante una noche de juerga en 1976. También fue la inspiración de Manuel Vázquez Montalbán en su novela

El premio, donde se presenta a un poeta sucio, despeinado y de pelo cano que se pasa la vida en sanatorios mentales. En 2009, vio la luz la novela *Jardín perdido. La aventura vital de los Panero*, en la que Andrés Martínez Oria ofrece una biografía ficcionalizada de la familia y apenas en noviembre de 2015, de la mano de Emboscad@s Producciones, se montó la puesta en escena *Éramos tan felices*, espectáculo que parte de las últimas horas de vida de Leopoldo Panero y la relación con sus hijos.

Hay quienes pugnaban porque al Demiurgo le fuera otorgado El Premio Cervantes. Él se durmió esperando el Nobel de Literatura, como me lo confesó en el manicomio la última vez que lo vi. Pero los reconocimientos no le llegaron nunca. La razón fue simple. Su figura era despreciada en los territorios oficiales de las letras. Cargaba una pesada losa luego de una vida llena de desmanes, destrucciones de casas de amigos, borracheras, peleas, increpaciones a las instituciones literarias.

A su muerte le han llamado "maldito", "el último de los malditos", apelativo que María Panero repugnaba. Hasta la fecha ese malditismo seduce pero no deja de ser simplón cuando se busca un acercamiento serio a su obra. Pocos han apreciado su poética más allá de las blasfemias o la oscuridad en sus palabras.

Grave error mirar la figura antes que su propuesta poética tan discordante con la tradición como heredera de ella misma, con rasgos donde comulgan los mejores aciertos de Eliot, Mallarmé o Borges en el plano de la poesía. Juzgarlo bajo el sello de "maldito" implica menospreciar su trabajo artístico. Sus versos no son simplemente un museo de rarezas preñadas de locura. Apreciarlos desde parámetros tan ingenuos es reflejo del actual mundo del espectáculo literario, tan sobrado de divas y tan falto de poetas, con los designios del mercado como norma.

Alejada de la nómina de premios y de los reflectores, su poesía se sostiene por sí misma, porque como lo escribió en *Los héroes inútiles*: "la idea de la gloria y el éxito no es nada, es menos que nada". Ya Leopoldo se lo había preguntado a José María Álvarez, compañero de generación, durante un encuentro en los noventa: "¿Crees que hemos sido grandes?" La respuesta fue esclarecedora para El Jiucio de Panero: "No lo sé. No lo creo. Pero en todo caso es la Literatura la que se ha hecho pequeña".

• • •

EL MUNDO

Todo el dolor del mundo no es bastante
Para justificar un momento de gracia...

El dolor radica en la imposibilidad de obtener lo que realmente se desea. Por eso el llanto de Segismundo nos hermana. Su pena es la de cualquiera cuyos sueños hayan devenido en pesadilla: "Los sueños, sueños son". Soñar, nos enseña Calderón de la Barca, es el acto más trágico del hombre porque conlleva el quebrantamiento de las ilusiones. Soñar es atormentarse con la representación de lo que nunca podrá conseguirse. Soñar es la muerte de la esperanza. Nada en los sueños es hermoso porque se trata de un artificio. Cuando Leopoldo escribió: "aún sueño en eso, en purificar al mundo de sí mismo", supo de antemano que fracasaría.

Todos sus anhelos se convirtieron en tragedia. Las esperanzas se le fueron volviendo cenizas en los versos. Cuando quiso definirse como poeta en el libro *Conjuros contra la vida* explicó claramente lo que había sido su existencia: "Toda mi vida fue una pesadilla, tal como dicen del primer jinete del Apocalipsis. 'Y tenía por nombre muerte, y el infierno le perseguía'".

En un mundo como el nuestro, tan desnudo de misericordia, el hombre está condenado a padecer la pesadilla. Nuestro tiempo es un tiempo arruinado, de ciegos y sordos, de territorios vedados para la palabra. Aquí y ahora nadie escucha, nadie quiere escuchar. Contra la poesía, se opone el ruido; ante el verso, la desgracia; frente a la literatura, la violencia y la sangre. Con tales circunstancias al poeta no le queda otro camino que el desbarrancadero, la duda, el fracaso. Despertar en medio de la podredumbre y seguir escribiendo sin esperar nada. Es por eso que El Demiurgo eligió a la ruina para conformar, junto a la locura y la muerte, el triunvirato de sus musas. La ruina que es el destino y el camino de todo ser humano, tal y como lo describió en *Mi lengua mata*:

Oh ácido del verso, quema la mano del que mal escribe
Porque la única verdad no es el verso sino la ruina
Y el poema es una lágrima que cae al suelo
Rodando por el empedrado
Alabando al silencio
Y descifrando lentamente el tejido de la ruina
La oscuridad de mi frente...

La poesía es el único medio para cantar la caída del individuo. Recuerda esa voz primitiva, comunitaria, de la que todos formamos parte. La voz que proclamaba John Donne para señalar que en nuestra existencia está implícita, por medio de la desdicha, en la existencia de todos nuestros semejantes:

Ningún hombre es por sí mismo un continente; cada hombre es una porción de continente, un pedazo de tierra firme; si un terrón fuese arrastrado por el mar Europa perdería tanto como si fuese un promontorio, como si la casa veraniega de tus amigos o la tuya propia fuese; la muerte de cualquier hombre no me disminuye, puesto que estoy implicado en la condición humana; por tanto, nunca busques saber por quién doblan las campanas, están doblando por ti.

Así el dolor de todos los hombres será el nuestro. Leopoldo lo percibió durante su vida. La debacle fue la ruta que le permitió escribir pensando que de esa manera sus palabras podrían resonar en cualquiera que las leyera: "sólo en la catástrofe está el gozo".

Vivir en el manicomio y apuntalar desde ahí una obra que, sin otro afán, buscaba simplemente tener los suficientes méritos como para ser leída, ubicó a María Panero en una zona alejada de los conceptos mercantiles de la literatura actual, donde el éxito y la fama son las necesidades de la mayoría de los escritores. Antes que reconocerse como uno más de los poetas en continua competencia, prefirió refugiarse en la desgracia, como lo mencionó en "La canción del croupier del Mississippi", de *Last river together*, en la que proclamaba su vida cultivada desde la más honda de las miserias:

> Es tan bella la ruina
> sé todos sus colores y es
> como una sinfonía la música del acabamiento...

Panero saboreó y le cantó al desastre. En cada uno de sus poemas hay una niebla que conduce a la destrucción de sí mismo. Destrucción que no dejaba de ser heroica en tanto que pretendía alejarse de un mundo que le exigió concebir a la literatura, en general, y a la poesía, en particular, como medios para obtener prebendas que poco o nada tienen que ver con lo literario.

Desde sus primeros años como escritor Leopoldo no se dedicó a otro oficio que no estuviera relacionado íntimamente con la palabra. En su ficha curricular lo único a mencionar es que fue poeta. Su fracaso se volvió gozo y libertad. Vivió por y desde la palabra artística. Su historia es la historia del acabamiento, la ruina más rotunda, la vida que se volvió arte.

En sus versos rescató la hermandad de la poesía porque escribió desde el fracaso. Él fue el hombre que se reconoció y reconoció a los suyos en la palabra. Su poesía lo enlazó con ese mundo que soñó en purificar. Su ruina es la de todos los hombres. El dolor que sangra de sus versos nos habla de la derrota, de la desolación, de la amargura, de la tristeza y del ahogo que, aunque lo callemos un día tras otro, es la constante de nuestra existencia. Es en este dolor donde nos reconocemos. Si un hombre muere, hemos muerto todos.

Tal vez por eso, en *Contra España y otros poemas no de amor*, escribió "Réquiem por un poeta", un epitafio para cantar no sólo su muerte, sino la de todos nosotros. El texto es un resumen de lo que puede ser cualquier existencia humana surcando el dolor de la vejez. Se trata del Héroe finalizando su viaje por el Tarot que es el viaje por el Mundo, último arcano, que nos reconcilia con la inevitable derrota:

Qué es mi alma, preguntas
a una imagen atado.
Es un dios en la sombra.
Es quizá un esclavo
Lamiendo con su lengua las sobras de la vida.
La soga que en el cuello
llevábamos atada fácil es desatarla,
por cuanto es ilusión sólo, lo mismo que la vida,
que el dolor y la muerte y el sueño del dinero.
La vejez dicen sólo responde a tu pregunta.
Una piel arrugada y un hombre al que avergüenza
mirarse al sediento espejo

Un día moriré. Un día estaré solo,
un alce cabalgando en la calle, y el aire
será para mis ojos la señal de la huida.
Ya no serán manos mis manos,
ni un sol buen recuerdo
a la vida me ligará ya entonces.
Veré pasar un niño por la acera de espanto
y le preguntaré mi nombre si mañana renazco.

• • •

Referencias Bibliográficas
Obras de Leopoldo María Panero citadas en este libro:

Por el camino de Swann, Cuadernos de María José, Málaga, 1968.

Así se fundó Carnaby Street, Llibres de Sinera, Barcelona, 1970.

Teoría (1973), en *Poesía Completa 1970-2000*, pp. 75-135.

El lugar del hijo, Tusquets Editores, Cuadernos Ínfimos, Barcelona, 1976.

Narciso en el acorde último de las flautas (1979), en *Poesía Completa 1970-2000*, Visor, Madrid, 2004, pp. 137-203.

Last River Together (1980), en *Poesía Completa 1970-2000*, Visor, Madrid, 2004, pp. 205-232.

El que no ve (1980), en *Poesía Completa 1970-2000*, Visor, Madrid, 2004, pp. 233-264.

Tres historias de la vida real (1981), en *Poesía Completa 1970-2000*, Visor, Madrid, 2004, pp. 265-269.

Dioscuros (1982), en *Poesía Completa 1970-2000*, Visor, Madrid, 2004, pp. 271-282.

El último hombre (1983), en *Poesía Completa 1970-2000*, Visor, Madrid, 2004, pp. 283-334.

7 poemas (1985), en *Poesía Completa 1970-2000*, Visor, Madrid, 2004, pp. 335-338.

Últimos poemas (1986), en *Poesía Completa 1970-2000*, Visor, Madrid, 2004, pp. 339-347.

Poemas del manicomio de Mondragón (1987), en *Poesía Completa 1970-2000*, Visor, Ma-drid, 2004, pp. 349-370.

Globo rojo (1989), en *Poesía Completa 1970-2000*, Visor, Madrid, 2004, pp. 371-375.

Globo rojo, Madrid, Hiperión, 1989.

Contra España y otros poemas no de amor (1990), en *Poesía Completa 1970-2000*, Visor, Madrid, 2004, pp. 377-404.

Heroína y otros poemas (1992), en *Poesía Completa 1970-2000*, Visor, Madrid, 2004, pp. 405-421.

Piedra negra o del temblar (1992), en *Poesía Completa 1970-2000*, Visor, Madrid, 2004, pp. 423-446.

Once poemas (1992), en *Poesía Completa 1970-2000*, Visor, Madrid, 2004, pp. 447-452.

Locos (1992; 1ª edición), en *Poesía Completa 1970-2000*, Visor, Madrid, 2004, pp. 453-456.

Y la luz no es nuestra, Libertarias/Prodhufi, Madrid, 1993.

Epílogo (1994), en *Poesía Completa 1970-2000*, Visor, Madrid, 2004, pp.457-460.

Orfebre (1994), en *Poesía Completa 1970-2000*, Visor, Madrid, 2004, pp. 461-492.

Locos (1995; 2ª edición), en *Poesía Completa 1970-2000*, Visor, Madrid, 2004, pp. 493-500.

El tarot del inconsciente anónimo (1997), en *Poesía Completa 1970-2000*, Visor, Madrid, 2004, pp. 501-519.

El tarot del inconsciente anónimo, Madrid, Valdemar, 1997.

Last River Together, Madrid, Endimión, 1997.

Guarida de un animal que no existe (1998), en *Poesía Completa 1970-2000*, Visor, Madrid, 2004, pp. 521-550.

Guarida de un animal que no existe, Madrid, Visor, 1998.

Tensó, Hiperión, Madrid, 1998.

Teoría lautreamontiana del plagio (1999), en Poesía Completa 1970-2000, Visor, Madrid, 2004, pp. 551-563.

Abismo (1999), en Poesía Completa 2000-2010, Madrid, 2014, pp. 39-52.

Un agujero llamado nevermore, Jenaro Talens (ed.), Madrid, Cátedra, 2000.

Teoría del miedo (2001), en *Poesía Completa 2000-2010*, Madrid, 2014, pp. 53-84.

Suplicio en la cruz de la boca (2001), en *Poesía Completa 2000-2010*, Madrid, 2014, pp. 85-90.

Me amarás cuando esté muerto, Barcelona, Lumen, 2001.

Águila contra el hombre / Poemas para un suicidamiento, Madrid, Valdemar, 2001.

Los señores del Alma (Poemas del manicomio del DR. Rafael Inglot), Madrid, Visor, 2002.

Prueba de vida, autografía de la muerte, Huerga y Fierro editores, España, 2002.

Buena nueva del desastre (2002), en *Poesía Completa 2000-2010*, Madrid, 2014, pp. 113-138.

Conversación, España, Nivola, 2003.

Poesía Completa 1970-2000, Túa Blesa (ed.), Madrid, Visor, 2004.

Erección del labio sobre la página, Madrid, Valdemar, 2004.

Danza de la muerte (2004), en *Poesía Completa 2000-2010*, Madrid, 2014, pp. 211-248.

Presentación del Superhombre, Valdemar, Madrid, 2005.

Poemas de la locura, Madrid, Hurga y Fierro, 2005.

Esquizofrénicas o La balada de la lámpara azul, Hiperión, Madrid, 2005.

El hombre elefante (2005), en *Poesía Completa 2000-2010*, Madrid, 2014, pp. 291-315.

La esquiza y no el significante (2005), en *Poesía Completa 2000-2010*, Madrid, 2014, pp. 319-332.

Los héroes inútiles, Ellago, Madrid, 2005.

Versos esquizofrénicos (2007), en *Poesía Completa 2000-2010*, Madrid, 2014, pp. 335-354.

Mi lengua mata, Arena Libros, Madrid, 2008.

Sombra (2008), en *Poesía Completa 2000-2010*, Madrid, 2014, pp. 355-378.

Gólem (2008), en *Poesía Completa 2000-2010*, Madrid, 2014, pp. 379-406.

Páginas del excremento sin dolor (2008), en *Poesía Completa 2000-2010*, Madrid, 2014, pp. 475-480.

Conjuro contra la vida (2008), en *Poesía Completa 2000-2010*, Madrid, 2014, pp. 481-512.

Esphera (2008), en *Poesía Completa 2000-2010*, Madrid, 2014, pp. 513-536.

Tragos (2009), en *Poesía Completa 2000-2010*, Madrid, 2014, pp. 537-546.

Reflexión (2010), en *Poesía Completa 2000-2010*, Madrid, 2014, pp. 547-572.

Poesía (2010), en *Poesía Completa 2000-2010*, Madrid, 2014, pp. 575-586.

Poesía Completa 2000-2010, Túa Blesa (ed.), Visor, Madrid, 2014.

Bibliohemerografía consultada:

AGUINAGA Luis Vicente de, *La migración interior. Abecedario de Juan Goytisolo*, México, Fondo Editorial Tierra Adentro, 2005.

BAJTIN Mijail, *Teoría y estética de la novela*, Madrid, Taurus, 1989.

——————————, "Problemas de los géneros discursivos" en *Estética de la creación verbal*, México, Siglo XXI, 1990, pp. 248-293.

BARELLA Julia, "La poesía de Leopoldo María Panero: entre Narciso y Edipo", en *Estudios humanísticos. Filología*, núm. 6, Madrid, 1984, pp. 123-128.

——————————, "De los novísimos a la poesía de los 90", *Clarín*, núm.15, 1998. pp. 13-18.

Biblia de Jerusalén, Barcelona, Desclee de Brouwer, 1972.

BLANC Felicidad, *Espejo de sombras*, Argos/Vergara, Barcelona, 1977.

BLESA Túa, Leopoldo María Panero, el último poeta, Valdemar, España, 1995.

——————————, "La destrucción fut ma Beatrice", en Leopoldo María Panero, *Poesía Completa 1970-2000*, Visor, Madrid, 2004, pp.7-22.

CAMPBELL Federico, Infame turba (1971), 2ª edición, Lumen, España, 1994.

CASTELLET José María, *Nueve novísimos poetas españoles* (1970), 2ª edición, Barcelona, Península, 2001.

CHEVALIER Jean y Alain Gheerbrant, Diccionario de símbolos, Barcelona, Herder, 1999.

CIRLOT Juan Eduardo, *Diccionario de símbolos*, Barcelona, Ediciones Siruela, 2001.

Colectivo Leopoldo María Panero, *Los ojos de la escalera*, Libertarias/ Alejandría, Madrid, 1992.

CONOLLY Cyril, *La tumba sin sosiego*, en Obra selecta, Debosilo, España, 2011, pp. 391-553.

DEBICKI Andrew P, *Historia de la poesía española del siglo XX*, Gredos, España, 1997.

DELLA CASA Stefano, et. al., *Historia general del cine*, vol. VIII, Madrid, Cátedra, 1996.

DONNE John, *Poesia Completa I*, Ediciones 29, Madrid, 2001.

ELIOT T.S., *Cuatro cuartetos*, Esteban Pujals Resalí (ed.), Madrid, Cátedra, 1999.

FERNÁNDEZ J. Benito, *El contorno del abismo (vida y leyenda de Leopoldo María Panero)*, Tusquets, Barcelona, 1999.

FERNÁNDEZ Macedonio, *Museo de la Novela de la Eterna*, Buenos Aires, Corregidor, 2005.

FERNÁNDEZ Mallo Agustín, *Nocilla Dream*, Círculo de lectores, Barcelona, 2007.

FOUCAULT Michel, *Historia de la locura en la época clásica*, vol.1, Tr. Juan José Utrilla, Colombia, FCE, 2000.

GIL de Biedma Jaime, *Las personas del verbo*, Barcelona, Lumen, 1993.

HUERTA Calvo, Javier, "Estirpe de infortunios: memoria recobrada de Leopoldo Panero", en *Leer*, año XXIV, núm. 190, marzo 2008, pp. 24-21.

KEELLEY Graham, "Los campos de corrección de Franco", en *La Jornada*, 29 de diciembre de 2006, año 23, no. 802, p. 36.

MARCO Joaquín, "Epílogo. De cómo se publicó *Así se fundó Carnaby Street*, de Leopoldo María Panero, y otras consideraciones intrascendentes", en Leopoldo María Panero y Claudio Rizzo, *Tensó*, Madrid, Hiperión, 1998. pp. 49-57.

MARISTAIN Mónica, "Estrella distante: La última entrevista a Roberto Bolaño" [en línea]: *http://sololiteratura.com/bol/bolanolaultima. htm* [consulta: 15 de febrero de 2011].

MARTÍNEZ Fernández José Enrique, *La intertextualidad literaria*, Madrid, Cátedra, 2001.

NICHOLS Sallie, *Jung y el Tarot*, Kairós, Barcelona, 2008.

PAZ Octavio, *Libertad bajo palabra*, FCE y Ediciones de la Universidad de Alcalá de He-nares, Colección Premio Nobel, Buenos Aires, 1993.

PANERO Juan Luis, *Sin rumbo cierto (conversaciones con Fernando Valls)*, Tusquets, Barcelona, 2000.

————————————, *Los trucos de la muerte*, Institución Fray Bernardino de Sahagun, Madrid, 1975.

PANERO Leopoldo. *Obra completa*, J. Huerta Calvo (Ed.), Tres volúmenes, Ayuntamiento de Astorga/Diputación de León, Astorga, 2007.

QUINCEY Thomas de, *Confesiones de un inglés comedor de opio*, Tr. José Rafael Hernández Arias, Madrid, Valdemar, 2001.

RIMBAUD Arthur, *Iluminaciones*, Tr. Cintio Vitier, Visor, Madrid, 1972.

ROA Vial Armando, "Un poeta maldito del siglo XXI" [En línea], Revista de Libros, 13 de agosto de 2004: *http://www.letras. s5.com/index.html* [Consulta: 16 de septiembre de 2006].

RODRÍGUEZ Marcos Javier, "Poesía y delirio" [En línea], en Babelia, suplemento de El País, 27 de octubre de 2001: *http:// www.elpais.es/suplementos/babelia/20011027/b2.html* [Consulta: 20 de abril de 2004].

TALENS Jenaro, "De poesía y su(b)versión (Reflexiones desde la escritura denotada <<Leo-poldo María Panero>>)", en Leopoldo María Panero, *Un agujero llamado nevermore*, Madrid, Cátedra, 2000. pp. 7-62.

TRAKL George, *Obras completas*, Tr. José Luis Reina Palazón, Madrid, Trotta, 1999.

Xalbador García (Cuernavaca, 1982)

Es Doctor en Literatura Hispanoamericana por El Colegio de San Luis (México). Es autor de *Paredón Nocturno* (UAEM, 2004) y *La isla de Ulises* (Porrúa, 2014), y coautor de *El complot anticanónico. Ensayos sobre Rafael Bernal* (Fondo Editorial Tierra Adentro, 2015). Ha publicado las ediciones críticas de *El campeón*, de Antonio M. Abad (Instituto Cervantes, 2013) y *La bohemia de la muerte*, de Julio Sesto (Colsan, 2015). Actualmente realiza asesoría editorial para Tusquets Editores, del Grupo Planeta, y se desempeña como profesor en la Universidad de Miami. Es parte del Grupo SEd desde 2016.